Michael Hametner (Hrsg.)

MDR-Literaturwettbewerb 2011

Michael Hametner

geboren 1950, studierte Journalistik in Leipzig und arbeitete zunächst als Schauspieler, Regisseur und Leiter des Theaters der Leipziger Universität. Anfang der 1990er Jahre begann er als freier Mitarbeiter beim Mitteldeutschen Rundfunk, wo er seit 1994 als Literaturredakteur tätig und heute u. a. für den 1995 gegründeten MDR-Literaturwettbewerb verantwortlich ist.

Happy End

Die besten Geschichten aus dem MDR-Literaturwettbewerb 2011

herausgegeben von Michael Hametner

neues leben

ISBN 978-3-355-01793-0

Umschlaggestaltung: Steffen Kawelke
Druck und Bindung: CPI Moravia Books GmbH

Ein Verlagsverzeichnis schicken wir Ihnen gern:
Neues Leben Verlagsgesellschaft mbH & Co. KG
Neue Grünstr. 18, 10179 Berlin
Tel. 01805/30 99 99
(0,14 €/Min., Mobil max. 0,42 €/Min.)

Die Bücher des Verlags Neues Leben
erscheinen in der Eulenspiegel Verlagsgruppe.

www.verlag-neues-leben.de

Inhaltsverzeichnis

Michael Hametner

Vorwort

Der amerikanische Schriftsteller und Short-Story-Spezialist Truman Capote hat auf die Frage, was denn eine gute Kurzgeschichte ausmache, gesagt: Wenn man sie liest, muss man sich sicher sein, dass die Geschichte nicht hätte anders erzählt werden können. Mit keinem anderen Beginn, mit keinem anderen Schluss und überhaupt: nicht anders! – Unter den vielen Erklärungen der Kurzgeschichte – im englischsprachigen Raum: short story – scheint mir das eine der einleuchtendsten. Die Kurzgeschichte verlangt Knappheit bei der Sprache. Weil nicht alles direkt erzählt wird, liegt ein Teil der Geschichte stumm unter dem Erzählten. Dieses Verfahren macht die Kurzgeschichte zu einer höchst anspruchsvollen Form: Die gut gemachte Kurzgeschichte ist zweifellos ein Kunststück!

Nun möchte niemand behaupten, alle zugeschickten und als gültig gewerteten Kurzgeschichten seien Kunststücke. Wenn man wie wir, die neun Juroren, sie alle liest, prüft, daraus schließlich auswählt – und durchaus beim Lesen gelegentlich auch aufstöhnt – , dann weiß man, woran viele Kurzgeschichten leiden: Ihr Erzählen ist einfach nicht verdichtet genug. Was finden sich für Füllsätze und anderes Entbehrliche! Bis eine Geschichte in Gang kommt, ist oft die Hälfte der maximalen Länge vertan. Nicht jeder Satz baut eine Atmosphäre auf. Vieles ist nur Variation, weil der Autor mit seiner Geschichte auf der Stelle tritt. Manche Kurzgeschichte, die sich auf sechs Normseiten darbietet, wäre auf einer Seite zu erzählen gewesen. Das Unentbehrliche zu sehen und auf alles Beiwerk zu verzichten, das ist die große Kunst. Ihr gegenüber ist es zweitrangig, ob sich der Autor – wie manche Theorie der Kurzgeschichte vorschreibt – für eine Pointe am Schluss seiner Short Story entscheidet oder nicht.

Andere Geschichten, die uns wenig entzücken, setzen allein auf ein spannendes Thema und haben nicht die besondere Sprache dafür. Natürlich braucht es zum Erzählen ein Thema, einen Stoff, aber besser ist es, dafür eine Sprache zu finden, dass Stoff und Thema wie absichtslos erscheinen.

Es ließe sich nach sechzehn Jahren Kurzgeschichten-Wettbewerb des Mitteldeutschen Rundfunks durchaus ein Kanon der schlechten Beispiele zusammenstellen. Diese Anthologie unternimmt das Gegenteil – hier wird das Beste präsentiert, was sich im aktuellen Jahrgang fand. Gewissermaßen das »Happy End«, wie wir diesen Band genannt haben.

In RABENKINDER wird die Geschichte einer Familie erzählt, die am Ende ist. Kein Happy End, wenn der Vater trinkt, die Schwester im Koma liegt und die Mutter sich versteckt und immer mehr verschließt. Dabei begann in der Familie alles so hoffnungsvoll: »Unsere Eltern waren schön und schlank. Bis zu den Schultern ging beiden das Haar, unserem Vater in dunkelblonden Locken, seiner jungen Frau in glatten Strähnen. Sie hätten zusammen auf Weltreise gehen und nicht mehr heimkehren können, stattdessen bewirtschafteten sie den Hof der Familie.« – Ganz ohne Schnörkel macht der Erzähler deutlich, worin der Grund des Unglücks für sie bestand: weil die Familientradition es vorschreibt, den Hof zu übernehmen, ob man für solches geboren ist oder nicht. – In dieser Geschichte ist viel Stoff, aber er ist so leicht in Sprache gesetzt, dass er um so schwerer wiegen kann. RABENKINDER ist ein gelungenes Beispiel für die Form der Kurzgeschichte.

Oder: VERWILDERN. Die schon lange in Deutschland lebende Familie besucht den zurückgelassenen Großvater in der ungarischen Heimat. Der Großvater ist nicht nur alt geworden, er ist dabei zu verwildern. Seit seine Frau gestorben ist, ergibt er sich dem selbstgemachten Mirabellenlikör und dem

Schachspiel. Vielleicht ist es aber gar nicht das Alter, das ihn drückt. Wir lesen in der Geschichte, dass er die weißen Lackschuhe, die der Großmutter im Sarg angezogen werden sollten, versoffen hat. Jetzt watet sie schuhlos durchs Jenseits. Und der Großvater hat für sich noch einen Grund mehr, den Mirabellenlikör zu trinken: um seine Scham zu vergessen. – Die ungarische Heimat, der Blick der Enkelin auf ihren Großvater, die Rituale von einst – das alles verschmilzt in VERWILDERN zu einer kleinen, aber sehr anrührenden Erzählung.

Oder: ACCEPTANCE. Eine junge Frau wird für eine Fotosession vorbereitet: die Creme wird in die Geschichtshaut einmassiert, das neue Tuch, für das die Freundin (oder ist es die Schwester?) verdammt viel Geld ausgegeben hat, wird umgelegt, und als alles fertig ist fürs Fotografieren, gibt noch die Kellnerin der Cafeteria ihre Hochhackigen dazu. Erst allmählich wird dem Leser klar, dass die Szene das Krankenhaus ist. Die Kranke soll ihre Schönheit erleben dürfen – auf den Fotos. Aber vor Schwäche schläft sie ein, bevor die Fotos gemacht werden können. – Knapp sechs Seiten umfasst die Erzählung, aber sie wird den Leser nicht unberührt lassen.

Nur drei Beispiele von 25 Kurzgeschichten, die dieser Band präsentiert.

Wenn ich gefragt werde, ob es unter den mehr als zweitausend eingeschickten Geschichten ein Hauptthema gibt, dann zögere ich immer ein wenig mit der Antwort. Aber in diesem Jahrgang zeigt sich eines, sehr ausgeprägt: die Familie. Der Leser spürt, wie sehr die Familie, die intakte, schützende, helfende, Liebe und Geborgenheit schenkende, Generationen in Respekt und Würde verbindende Familie beschworen wird. Als wäre sie vermisst, als würde sie dringend gesucht. Die vornehmlich jungen Autorinnen und Autoren haben in der Familie ein Sehnsuchtsfeld gefunden, selbst wenn sie von zerbrechenden, von Verwahrlosung bedrohten, vom Alkohol zerfressenen Familien erzählen. – Nicht, dass dieses Thema völlig neu und überraschend in den Kurzgeschichten unseres

Wettbewerbs auftaucht – aber in den Vorjahren war es kaum so stark vertreten. Die Erzählperspektive geht meist von den Enkeln aus: Sie nehmen aus ihrer Sicht Familie als Wert wahr, den sie sich bewahren möchten. – Diese Feststellung am aktuellen Jahrgang des MDR-Literaturwettbewerbs legt auch den Gedanken vom Happy End nah und bestätigt den Titel der Anthologie. Die einzelnen Geschichten freilich haben selten ein Happy End. Ihre Autoren sind zu klug, um es sich mit der Weltwahrnehmung so einfach zu machen.

Die Kurzgeschichte ist nicht die »schnelle Eingreiftruppe der Literatur«, dafür ist sie handwerklich zu anspruchsvoll – aber trotzdem kommen mit ihr als der »kleinen Form« neue Themen und Stoffe in den literarischen Kreislauf. Früher als mit Romanen. Im Jahr 2009/2010 beschäftigten sich gleich drei Kurzgeschichten mit dem Krieg in Afghanistan, an dem auch die Bundeswehr teilnimmt. Es war die Zeit, als dafür das Wort Krieg offizieller Sprachgebrauch wurde und die Debatten in Deutschland immer drängender danach fragten, ob Deutschland dabei sein müsse. Diese Frage kann die Literatur auf ihre Weise artikulieren, indem sie von Schicksalen erzählt, die der Krieg macht – beantworten kann eine Kurzgeschichte sie nicht. Im aktuellen Kurzgeschichtenjahrgang findet sich ein anderes Thema, das im Sommer 2010 die Republik erschreckt hat: die Katastrophe bei der Loveparade in Duisburg, die viele Tote gefordert hat. Drei Autorinnen und Autoren nahmen sie als Hintergrund für ihr Erzählen – in diese Anthologie habe ich eine davon aufgenommen: /watch?v=Rie9aVknnzb&. Sie erzählt von der verzweifelten Suche eines Hinterbliebenen. Eine Suche, die über die Medien stattfindet, die letzte Form der modernen Aufbewahrung von Leben, das dann mit der Löschung der Seite im Internet abrupt endet. Eine subtile Form der Internet- bzw. Medienkritik – so kann man diese Kurzgeschichte lesen.

Vieles wird auf den folgenden Seiten geboten. Dieser Band präsentiert die 25 besten Kurzgeschichten aus dem 16. Jahrgang des MDR-Literaturwettbewerbs, darunter die Geschichten der aktuellen Preisträger. Wieder ist es eine Mischung der spannendsten Themen, aufregendsten Stoffe und überraschendsten Schreibweisen, wie sie im Jahrgang 2010/2011 unter 2101 nach der Ausschreibung gültigen Kurzgeschichten vorlagen. Der Gewinn für den Leser – jede Geschichte versucht einen anderen Zugang zur Literatur. Abwechslung ist garantiert!

Michael Hametner

Reise ins Ferienlager

Schmalzfleisch in goldglänzenden Dosen, Sardinen in würzigem Öl. Wohlige Zunge, Feenküsse der Geschmacksknospen auf Gaumensegel, Nasenrachen, Kehlkopf und oberer Speiseröhre. Heißhunger der Katze, wir gaben ungern ab.

So zahlten die westdeutschen Bootskapitäne den Elektriker für kleine Reparaturen im Trog des Schiffshebewerks Magdeburg-Rothensee aus. Mein Vater wusste unser Interesse mit seinen Geschichten von der Seefahrt, den Mannschaften und den Maschinenräumen zu fesseln. Eine Reise, die er selbst nie würde antreten können, es sei denn als Rentner.

Wochen im Frühsommer 1967.

Es galt, zu überlegen, was wir mitzunehmen hatten.

Da waren der Turnbeutel, die Tischtennisschläger, das Schachspiel, die beneideten Nyltesthemden der Tante. Die Dreieckbadehose. Das Schachspiel, ein Wunderwerk der Kriegsführung zwischen meiner Schwester und mir. Ersatz für unsere Prügeleien, mein schwacher Klugscheißerlimes gegen ihre Angriffe, ausgeführt in einer anderen Gewichtsklasse. Der Pappkoffer mit den eisernen Stoßkanten, an dessen von vielen Händen geschmeidig gemachtem Ledergriff das Namensschild hing. Hinter einem Plastikfenster standen unsere Adresse, und Bettinas Name. Ich war blendend in Schuss, wenn auch untergewichtig. 500 Kniebeuge, 100 Liegestütze, 400 Klappmesser hatte ich auf der Pfanne, und das ohne Training.

Noch zwei Mal schlafen, überfuhr es mich am 4. Juli. Auffrischender Wind aus der Börde an diesem Dienstagmorgen. Und Donnerstag, der erste Ferientag des Sommers. Verdammt gute Chancen auf Fensterplätze, denn wir stiegen in Magdeburg als erste ein. Auf auf, ins Harzer Ferienlager.

Steuerwagen des Zuges erfasst den Sattelschlepper vom VEB-Minol mit dem rechten Puffer, reißt ihn mit. Tank, angefüllt mit Leichtbenzin, schleudert gegen die Lok, platzt in parallelem Vorwärtsdrängen. Schmiegt und ergießt sich, Wolken aus Tropfen verschleudernd, am Körper der Doppelstockwagen, von 852 Menschen belebt. Verströmt auf das Bahnhofsgelände. Zerstäubt im Kamin der zerstörten Dampfleitungen der Lok. Explodiert in einen Pilz, angefacht vom ertragreichen Sauerstoff.

Der erste am Unfallort, Traktorist, sieht das Geschehen aus fünfzig Metern Entfernung, mit anderem beschäftigt. Rauch von brennendem Benzin stößt seine Fäuste in die Szene. Entgegen stürzt der Lokführer.

Die Klamottn von den ham jebrannt.

Versucht, seine Familie zu retten. Männer der freiwilligen Feuerwehr. Erschlagen mit Decken und Schippen den ersten von tausenden Feuerhaien. Erbittert durchstoßen diese kalten Auges den eingeschlossenen Menschenschwarm mit weitem Rachen. Packen zu und reißen heraus, was ihre Muskeln vermögen. Undurchdringlich für helfende Jäger. Leichtmetall schmilzt und Glas, verheiraten sich mit Körpern. Türen versengen Hände. Nur in Schutzkleidung geht es ins Fauchende, Glühende.

Verkohlt und klein auf ihren Sitzen, wie sie Platz genommen hatten an Fenstern, die schnell viele Nasenflecke trugen. Hängen an Waggontüren. Zusammengeschrumpfte Pakete. Waggonskelette. Zuckende Pechfackeln.

Die, die mich schüttelte, nach Wasser schrie, brannte auch, sprang nach Rettung in eine Pfütze, eine Benzinlache. Sie zerschnitten mein Baumwollkleid wegen meines Rückens.

Lebenslanges Martyrium, einundachtzig Operationen.

Meine Cousine identifiziert an den Zähnen. Unser Lehrer stürzt in die brüllende, schmatzende, stinkende Wabe. Zerrt einen heraus. Steigt erneut in Unbekanntes. Metamorphosiert. Das Äußere ist kein Mensch mehr, als er das zwölfte Kind rettet. Vaterländischer Verdienstorden in Silber für den, der uns nie wieder unterrichtet, nie wieder zur Tür herein tritt, wo seine Familie wartet.

Silber!, empört sich meine Mutter. *Was hätte er für Gold denn anstellen müssen? Den Mars vom Kommunismus überzeugen?*

Beileidsschreiben aus dem Vatikan, und das uns Protestanten, erregt sich mein Vater.

Fahnen auf Halbmast an Land und auf Ostseeschiffen. Schulfrei, angetreten zum Appell. Der Direktor verlas, was am Morgen in der Zeitung stand:

Aus der Gemeinschaft wächst die Kraft, die den Schmerz überwinden hilft. Die Schmelzer im Magdeburger Ernst-Thälmann-Werk legen um 11 Uhr die Arbeit nieder.

Die Schmelzer, die eisenharten Kerle aus dem Schwermaschinenkombinat, hatten ihre Kinder an glühendes Eisen verloren.

Welchen Hohn lässt sich der da oben noch einfallen? Das sagte meine Heimatkundelehrerin zu meiner Mutter. *Aber wenigstens hat er Ihre verschont.*

Wir wussten nicht einmal, wie viele verbrannt waren. Aus meinem Jahrgang fehlten drei, ihre Fotos im Trauerflor. Ihre Väter Kollegen von meinem. Chopins Trauermarsch im Schwarz-Weiß der Fernsehtruhe kann ich bis heute nicht.

Viele wollten Haut spenden, aber nur Opferhaut kann verpflanzt werden.

Masken nannten die Ärzte und Schwestern der Chirurgie, was ihnen eingeliefert wurde. Tag und Nacht Eiweißinfusionen, von Rötung bis zu Verkohltem.

Den Westfriedhof in Magdeburg, wo es zur Trauerfeier Tränen regnete, kannte ich von einem Grab mit einer Nummer im Plan. Dort ruhte mein Onkel, ein Kanonier, dessen große Reise nach Norwegen in einem Schneefeld, abgetrennt von den motorisierten Verbänden, durch einen Rohrkrepierer endete. So sagte man, wenn man über sein Ende sprach.

Kolonialwarenladenbesitzer, feiner Mann, charmant, gute Manieren. Rauchte nicht in weiblicher Begleitung. Hielt das Geld zusammen. Ging nicht saufen, nicht zu anderen Frauen. Gröhlte keine Lieder.

Grüßte mit *Jutn Tach, der Herr. Sie wünschen?*

Liebte Donizetti, Caruso, den Hamburjer Jung'. Liebte alles mit Wasser, wie ich.

Was hätte der mit dir gespielt! Tauchen, angeln, er angelte für sein Leben gern. Und sein Faltboot, und erst sein selbstgebautes Zelt!

All das hatte oder konnte mein Vater nicht. Aber er brachte Südfrüchte, schenkte mir eine Taucherbrille, spielte wie kein anderer Erwachsener Fußball mit uns, an der Uferböschung, im mehligen Sand.

Er ging mit uns zu den drei Ahornbäumen und zwei Buchen auf dem Friedhof des Unglücksortes. Hier begruben sie das einzige Opfer aus dem Dorf, ein Mädchen, und ich glaube, wir dachten dort alle an meine Schwester.

Die Flammen fraßen sie auf, soll auf den Grabstein gemeißelt gewesen sein. Wir aber sagten zu unserer Rettung: *Die Flammen fraß sie auf.*

Dieses Gefühl bis heute, fahre ich die Strecke. Die ausgebesserten Stellen am Bahnhofsgebäude. Eine, so alt wie ich, findet heute keine Anstellung. Wegen ihrer Brandnarben.

Hatte der Schrankenwärter Tee mit Alkohol verrührt? War das Telefonkabel, das über den Schranken durchhing, eines von den Russen gewesen, weshalb die Freunde aus dem Bruderland DDR es nicht reparieren durften? Die Post wusste von dem Defekt. Am Kabel verhakte sich die Schranke, der Bahnwärter kurbelte sie hoch, vergaß ein Signal zu setzen. Der Lastwagenfahrer auf der Fernverkehrsstraße 81, die durch den Ort führte, glaubte, sie öffne sich nach einer Durchfahrt. Dann kam der Ferienzug.

Traurigkeit hing wie Herbstnebel über unseren Dörfern.

Zwei Tage blieb mein Vater weg.

Der Pfarrer berichtete, was er am kostbaren Telefon hörte.

Nie im Leben hätte ich alles erzählt, sagte er mir später. *Wahnsinnig wärt ihr geworden.*

Als er zurückkam, war er bereits geduscht. Trug andere Arbeitsklamotten am Leib. Aber er roch. Und seine Hände.

Was ist mit deinen Händen, rief meine Mutter, nachdem wir uns alle umarmt und fest gedrückt hatten.

Er zündete sich vor dem Aquarium eine Zigarette an, was er noch nie getan hatte. Er schaute in Richtung der Fische, Welse, die sich kaum rührten. Der Filter blubberte, Luftperlen stiegen auf. Wir hielten den Atem an, warteten, bis uns unsere Mutter schließlich zum Spielen hinaus schickte. Irgendwann, bevor wir in der Wohnung erschöpft auftauchten, musste der Tisch mit der Kalten Schnauze und dem Marmorkuchen abgedeckt worden sein. Wir feierten also unseren Zwillingsgeburtstag nicht.

Noch Tage bekam Vater das unter den Nägeln und in den winzigen Hautfalten seiner Finger nicht los, obwohl er Gallseife nahm, gut gegen Flecken in Textilien, und eine Wurzelbürste. Seine Kleidung, mit der er sofort aufgebrochen war, sahen wir nie wieder. Nachts wachte er kalkweiß auf und schrie Kommandos in das Dunkel. Vor Ort war er nicht abgeklappt.

Wir sprachen nie davon, entmachtet unserer Worte, wie später noch häufiger.

Ewiger Dank an dich, Schwester, die du krank wurdest an jenem Morgen. So entkamen wir der Katastrophe.

Colin Böttger

Planet of Sound

»Und dass du das ja wieder hinkriegst, verstanden? Klipp und Klaro?« So spricht Deine Oma zu mir und zieht hastig an einer ihrer heimlichen Zigaretten, die sie immer dann raucht, wenn Dein Opa mit dem neuen kleinen Hund um den Block geht. »Das riecht man doch«, sage ich, aber sie schüttelt energisch den Kopf. Ich schüttele auch den Kopf, aber eher resigniert. Übermorgen werde ich 37, und vielleicht malst Du im fernen Hamburg ein Bild für mich, oder Du denkst Dir einen Song aus. Noch weißt Du nicht, dass Deine Mutter mich auf unbestimmte Zeit rausgeworfen hat und ich in Zukunft nur noch ein punktuell geduldeter Gast sein werde. Ihr Plan ist, dass Du gar nicht richtig merken sollst, dass ich fehle. Papa ist für einige Zeit zu Opa und Oma aufs Land gezogen, um neue Songs zu schreiben. Draußen auf dem Flur höre ich meine Gitarre scheppernd zu Boden fallen, und dann meine Mutter: »Ach, du Scheiße. Du und dein blödes Scheißding. Kein Wunder, dass das mit euch nicht klappt.« Sie stellt die Gitarre wieder hin und schlägt die Wohnzimmertür hinter sich zu. Die Gitarre kratzt an der Wand entlang und scheppert ein zweites Mal hin. Ich nehme sie und bringe sie hinunter in den Keller zu meinen anderen Sachen. In meinem früheren Kinderzimmer wohnt jetzt der neue kleine Hund. Deshalb habe ich meine Isomatte im Partykeller ausgebreitet, und mein Laptop steht auf dem Tresen neben einer grinsenden Mönchsfigur aus den 70ern. Zieht man an einem Bändchen, klafft die Mönchskutte auseinander, und ein großer, roter Pimmel schießt hervor. Unglaublich doof, aber auch irgendwie optimistisch. Wenn ich nur ein wenig die Augen zusammenkneife, sehe ich meine Eltern, meine Onkels und Tanten und deren Freunde, es ist Silvester, und alle haben alberne Papphüte auf dem Kopf, setzen sich aus Versehen und unter Gelächter der anderen auf Furzkissen, tanzen die Idiotenpolonaise und sind richtig gut drauf. Und wir Kinder sind es auch. Wir laufen feixend zwischen den betrunkenen Erwachsenen herum, wie Spione aus einer anderen Welt nicken wir einander zu. Wir fühlen uns sicher, frei und unseren ausgelassenen Eltern fast ein bisschen überlegen. Wir tun Dinge von denen sie nichts ahnen. Während aus diesem Partykeller »Children of the Revolution« von T. Rex zu uns herüber klingt, sind meine Cousine und ich nebenan in der Waschküche und küssen uns im Dunkeln. Und als wir kurz nach Mitternacht ins Freie treten und der Duft der klaren Winternacht sich mit dem von Schwefel und Schwarzpulver mischt gibt es nichts als Glück und Himmel und Horizont. »Jan!?« Die Stimme Deiner Oma und gleichzeitig wird die Tür aufgerissen. Ich fahre herum, als hätte man mich bei etwas erwischt – ich will Dir jetzt nicht sagen bei was. »Ja?« – »Da ist jemand am Telefon für dich.« Ich nehme das Telefon, deine Oma lächelt schwach und geht wieder hoch. »Hallo?« – »Hallo Papa?« – »Line, Süße, du bist es. Das ist richtig schön. Wie geht's dir?« – »Gut, aber wann kommst du eigentlich wieder nach Hause, Papa?« – »Schon bald, Süße. An meinem Geburtstag natürlich. Dann sehen wir uns. Das ist ja schon ganz bald.« – »Machst du solange Musik?« – »Ja, das mache ich. Und dann spiele ich dir was vor.« – »Du kannst gut Lieder, stimmt's?« – »Na ja, danke, aber ...« – »Tschüß, Papa. Ich muss jetzt ins Bett.« – »Line, Kleines, warte, ich ...« Du hast schon aufgelegt. Ich habe ein ziemlich flaues Gefühl im Magen, als ich das Telefon zurück ins Wohnzimmer meiner Eltern auf die Aufladestation bringe. Dein Opa ist von seiner Runde mit dem Hund zurück. Genau wie Du hat er noch keine Ahnung, dass ich von euch getrennt bin und mich bloß meiner neuen Lage verweigere. »Trinkst du noch ein Glas Wein mit, Jan?« – »Sonst gerne, Papa, aber ich muss noch arbeiten.« Damit meine ich allen Ernstes meine Songs, die euch Geld bringen sollen. Kleine verschrobene Songs, auf die die Welt nicht wartet. Ist das bescheuert? Ich gehe ins Badezimmer und schaue in mein Gesicht, das immer weniger das ist, das ich in Erinnerung habe. Vor zwei Jahrzehnten, auf meiner letzten Party in diesem Haus, stand vor diesem Spiegel Wiebke Harms, die freie Kunst studieren wollte, und sagte über mich: »Er kann echt gut Songs«, und: »Er ist wie ein wertvolles Möbelstück, das langsam vergammelt.« Und ich lehnte draußen an der Tür, und alles an mir richtete sich auf. Ich glühte vor Erregung bei dem Gedanken, als Komet das Reich der Indie-Szene zu erleuchten, um dann mit voller Wucht in der Welt einzuschlagen. Unnützer, blöder, blöder Traum. Jetzt müssen wir alle dafür büßen, dass mich ein so dämlicher Traum so lange im Schlaf hielt. Und jetzt gehe ich zurück in den Keller meines Elternhauses, um Songs zu machen. Es ist so lächerlich, und Panik und Entsetzen ist alles was ich bin, wenn ich auch nur ganz kurz darüber nachdenke. Obwohl es ja genau das ist was ich immer machen wollte. Das, was ich jedem meiner Gitarrenschüler leidenschaftlich rate: Schreib Songs und sei bei dir selbst. Und es waren ja auch immer Songs, die in mich hinein fuhren wie Blitze, mich aufwühlten und ins Offene führten. Es waren die Stimmen angeknackster Außenseiter, von denen ich mich leiten ließ. Solche, die für mich klangen, als hätten sie tiefer als ich selbst in jene verborgene und manchmal durch die bekannte Welt hindurch scheinende Welt gesehen, die ich fühlte und von der ich träumte. Tiefer als ich, aber nicht so, dass sie alles in voller Größe gesehen hätten. Sie stießen mit ihren Stimmen in weite Räume vor, die aber unergründlich blieben. Und diesen Vorgeschmack einer Vision gaben sie an mich weiter. Aber was war die Vision? Ich sitze in diesem alten Keller und wühle in meinen alten Platten, damit ich mich daran erinnere. Und da ist ja die erste Independentscheibe, die ich mir je gekauft habe. Das war kurz nach einem Grundschul-Wiedersehenstreffen, das auch genau hier stattfand. Wir waren in der zehnten Klasse, und ich steckte seit drei Monaten in Röhrenjeans und dem kulturellen Vakuum des Hardrock fest. Und die Röhrenjeans steckten in spitzen Cowboy-Boots. Die zwei Jahre vorher hatte ich vergeblich auf die Pubertät gewartet und gehört, was halt im Radio lief. In den zwei Jahren vor dem Hardrock hatte ich bloß extrem viel Tennis gespielt, und mein Haar gegelt, was mir gar nichts genutzt hatte. Und dann musste es eben Hardrock sein, um meine frisch gebackene Männlichkeit zu feiern. Und dann kam dieses Wiedersehenstreffen. Etwa eine Stunde später als alle anderen kam Henriette, die verwöhnte Klassenschönste von damals, die nach der Scheidung ihrer Eltern nach Hamburg gezogen war. Sie sah toll aus, schön wie früher, aber anders. Nicht deshalb anders, weil sie schon fertig war, wie manche sagten. Sie sah anders aus als die Mädchen, die ich kannte. So als wüsste sie mehr. Ihre Augen waren schwarz untermalt. Ihr Blick, ihre ganze Erscheinung war verwegen. Die Art von Verwegenheit, die manche nach überstandenem Unheil ausstrahlen. Und ich stand vor ihr in meinem miesen Outfit und bekam den Mund nicht mehr zu. »Hallo, Jan«, sagte sie, »gib mir doch mal eine von deinen Fascho-Zigaretten.« Sie lächelte zwar spöttisch, aber auch nicht unfreundlich. Und ich hielt ihr eine meiner Marlboros hin, die ich für die männlichsten aller Zigaretten hielt. Später tanzte sie zu einem Song, wie ich nie zuvor einen gehört hatte. Mein erster Indie-Song. Die Stimme des Sängers klang linkisch, boshaft, irgendwie anrüchig, weil so unmännlich, und war doch wie ein Lockruf für mich. Sie berührte mich seltsam, und ich sah mich hektisch nach allen Seiten um, weil ich mich ertappt fühlte. Der Song hieß offensichtlich »I hate the TV«. Zu diesem Zeitpunkt eine für mich völlig verblüffende Aussage. Klar, ich kannte solche Gedanken von Ökos, die natürlich überhaupt keine Überzeugungskraft hatten: Ey, meinst du nicht auch, dass das Fernsehen die Menschen total verblödet?

Aber so war das hier nicht. Das hier hatte einen ganz merkwürdigen Charme. Zwar textlich ganz geradeaus, aber doch irgendwie anschleichend, meuchelmörderisch, leise, feindlich, gefährlich. Es war auf der Stelle mein Lieblingslied. Als der Song vorbei war, fasste ich sie am Arm. »Wer war das? Das Lied, meine ich.« – »Violent Femmes.« – »Femmes? Was heißt denn Femmes?« – »Frauen. Gewalttätige Frauen.« – »Aber da singt doch ein Mann.« – »Ja, klar. Das sind alles Männer. Ganz geil, oder?« Ich war nicht sicher, ob meine Hardrockbekannten das auch so cool fänden, aber ich irgendwie schon. Obwohl es sich komisch anfühlte. Obwohl ich das nicht überall zugeben würde. Aber wenn Henriette darauf stand, dann musste man ja gar nicht den Macker spielen, um küssen zu dürfen. Ein richtig tolles Mädchen wie sie küssen zu dürfen. Dann gab es andere, bessere Wege. Ich fuhr dann gleich am nächsten Tag mit dem Zug nach Hamburg und kaufte diese Platte, die ich jetzt in den Händen halte, und hörte sie rauf und runter, aber nur heimlich. Erst ein halbes Jahr später, als keiner von uns mehr Marlboro rauchte, Hanteltraining machte oder mit erfundenen Liebesabenteuern in Südeuropa angab, bekannte ich mich zu dieser Band. Eigentlich erst, als wir alle zusammen in diesem Keller zu den Sex Pistols tanzten und gegeneinander stießen wie Föten, die sich einen Schoß teilen, das fröhliche »No Future« des koboldhaften Johnny Rotten in den Ohren, das uns aus irgendeinem Grund mit Optimismus erfüllte. Und ich machte einfach so weiter und bekam die Biege nicht mehr. Es waren Songs von Leuten, die anders waren, die mich weit aus der Umlaufbahn um alles schleuderte, was mit gesicherter Existenz zusammenhing. Aber das klingt jetzt, als wäre ich hoch und weit geflogen, und das ist natürlich Blödsinn. Ich sitze ja im Keller meines Elternhauses und spiele leise und verschämt Gitarre, und dabei steht mein 37. Geburtstag an. Deine Oma findet, dass ich eine neue Hose brauche, und ich weiß jetzt schon, wie das wird. Sie hat mich im Schlepptau, wenn wir durch die kurze Fußgängerzone zum einzigen

Modehaus dieser kleinen Stadt gehen. Dort arbeiten dann zwei Kaugummi kauende junge Frauen, und Deine Oma – als wäre es nicht schon genug, dass sie mit rein kommt – geht voraus und ruft, sie suche eine Hose für ihren Sohn. Und dann kommt ihr Sohn und ist keine fünf wie Du jetzt, sondern Dein nicht mehr ganz so junger Papa. Und was dann wohl in den Köpfen der Verkäuferinnen vorgeht, kann nur Spekulation bleiben. Na gut, ich werde also eine Hose aussuchen und anprobieren, und Deine Oma wird fragen: Darf ich mal? Und ehe ich antworten kann, hat sie mein T-Shirt angehoben, um zu sehen wie die Hose im Schritt sitzt. Und die Verkäuferinnen? Keine Ahnung, aber es wird das erste Mal sein, an dem ich nicht unsichtbar für diese Art von Frau bin. Dann wird Deine Oma die Hose bezahlen, mich misstrauisch angucken und fragen: Ziehst du die denn jetzt auch wirklich an? Oder war das jetzt auch schon wieder umsonst? Und dieses »umsonst« wird in meinem Kopf weiter wandern und sich irgendwo einnisten, wo es ganz schön brummt. Und ich werde wieder hier sitzen, Gitarre spielen und denken, dass die Pubertät doch schon seit zwanzig Jahren vorbei sein sollte, und dass die Songs, wenn sie denn kommen, völlig umsonst kommen. Aber diese Leier, und die Sache mit dem Verfallsdatum von Träumen, das kenne ich bereits. Doch das ist nicht alles. Denn da ist noch eine andere Stimme, die sich zu meinem Glück weigert, völlig zu verstummen. Dass ich gestrandet bin, bedeutet gar nichts. Andere Vögel fliegen weiter, und fliegen einfach dichter beieinander, wenn es kälter wird. Sie fliegen so lange, bis sie merken, dass sie angekommen sind in einer Welt, in der die Songs, die sie lieben, kein Wegweiser mehr sind und kein Schlüssel zu irgendwas, sondern ein Hintergrundrauschen, das sie kaum noch bemerken. Das halt auch noch da ist, so wie alte Fotos im Schrank, die einem etwas bedeuten, aber die man nie anschauen muss.

Björn SC Deigner

Oktoberschnee

Im Oktober letzten Jahres, der ungewöhnlich kalt war und sogar schon Schnee gebracht hatte, ging Joachim Nix auf die Kirmes, was er seit seiner Jugend nicht mehr getan hatte. Er stand eine Weile an den verschiedenen Ständen und schaute sich um. Die Geräte, auf denen die Leute schreiend ihre Arme nach oben warfen, waren ihm fremd und laut. Er wusste nicht genau wohin, bis er schließlich eine Tüte gebrannte Mandeln kaufte. Auch das hatte er als Jugendlicher gerne getan.

Joachim Nix stand an einer Ecke des Süßwarenstandes und steckte sich Mandeln in den Mund. Er schaute umher und bemerkte, dass einer der Karussellarbeiter in seinem Fahrhäuschen auf ihn schaute. Nix, dem es unangenehm war, beobachtet zu werden, es aber doch mochte, ein besonderer unter vielen zu sein (und sei es nur in den Augen eines Fahrkartenabreißers), schaute auf, wie als wenn er einen anderen erkannt hätte, hob zum Gruß etwas die Hand in die Höhe – so wie es alte Bekannte eben tun – und setzte sich in Bewegung.

Sobald er aus dem Blickfeld des Karussellarbeiters war, schlenderte Nix wieder ziellos zwischen den Menschen umher, ohne genau zu wissen, wohin; aber was machte das schon auf der Kirmes. Schließlich stellte sich Joachim Nix an die eine Ecke eines Standes, an dem eine Tombola ausgerufen wurde. Nix schaute vor sich hin und fegte mit den Schuhen den Schnee vor sich zur Seite.

Dann, die Tüte war noch nicht aufgegessen, warf Nix die Mandeln plötzlich weg und sprach die nächstbeste Frau an. Sie hatte schwarze Haare und war viel zu jung für ihn. Sie wollte

Nix ohne ein Wort stehen lassen; aber als er behauptete, er habe Geburtstag – was im Übrigen nicht stimmte –, da winkte sie ab, lachte laut und blieb doch stehen.

»Du bist mir 'ne Nummer«, sagte die Schwarzhaarige später, und Nix verstand nicht, was sie damit meinte. Sie fuhren einige Runden *Breakdance*. Joachim Nix überließ seinen Kopf der Wucht der Drehung, um die Frau neben sich genauer anzuschauen. Eigentlich war es ein Mädchen, dachte er, als er ihre Haut beschaute. Vor allem an der Partie des Kinns war es ihm klar geworden: zwischen Wange und Hals war die Haut der Schwarzhaarigen weich und klar gezeichnet; gleichzeitig war die Kinnpartie aber nicht kantig, sondern mollig. Joachim Nix dachte an die Fettpolster der Kindheit, die die jungen Mädchen noch an sich trugen, und er dachte an den Körper neben sich: Die Brüste, die Schenkel und den Bauch.

Von da an dachte er von der Schwarzhaarigen als einem Mädchen. Ihren Namen wusste er nicht. Vermutlich hatte sie ihn genannt; er war aber wohl mit etwas anderem beschäftigt gewesen: Hände zu schütteln, ihrem Blick standzuhalten oder irgendeine flüchtige Ablenkung, von der er schon jetzt nichts mehr wusste.

Joachim Nix genoss es, so nah neben einem Mädchen zu sitzen, dass er die feinen Härchen auf ihren Wangen sehen konnte. Er war seit langem alleine; ansonsten mieden ihn die Frauen. Nix wusste nicht warum: Er war zwar schon etwas älter, hatte aber keinen Speck angesetzt. Er rauchte, das hielt ihn schlank. Er war gesellig, wenngleich er unter Leuten immer sehr ruhig war. Er glaubte, dass das vielleicht sein Problem bei den Frauen war: Er machte keine auf sich aufmerksam, was ihn in den Augen des anderen Geschlechtes wohl zu einem seltsamen Vogel machte.

Mit der Schwarzhaarigen war es ihm jedoch gelungen. Joachim Nix freute sich, wie einfach es gegangen war. Ab und zu sah er im Augenwinkel, wie sich Leute wunderten, dass das hübsche Mädchen mit einem Mann wie ihm Runde um Runde fuhr. Das gefiel Joachim Nix, und er konnte nicht unterdrücken, dass ihm dabei ein Lächeln über das Gesicht glitt. Nach einigen Runden wurde das Mädchen unruhig. Sie wollte aussteigen und Nix musste sie in den Sitz zurückdrücken, damit sie noch eine Runde *Breakdance* mit ihm fuhr. Die Leute hatten wieder geschaut, weil das Mädchen etwas lauter geworden war. Nix leuchtete es nicht ein, warum das hatte sein müssen. Dies umso mehr, als er während der Fahrt sah, wie sehr es dem Mädchen Spaß machte. Er tat es ab als etwas, das einem eben geschieht, wenn einer eine Freundin hat; Zankereien waren nicht weiter ungewöhnlich.

Danach stiegen beide aus. Joachim Nix hatte das Mädchen am Rücken etwas geschoben, damit sie auf der glatten Fahrbahn nicht falle. Am Rand der Fahrbahn, als Nix sie losließ, drehte sich das Mädchen um und beide blieben auf dem geriffelten Trittblech stehen, während sie den anderen dabei zuschauten, wie sie schon wieder durch die vorgegebenen Spuren rasten und sich dabei um die eigene Achse drehten.

Etwas aus schlechtem Gewissen, weil er vorher etwas grob geworden war, fing Joachim Nix an zu erzählen, wie er den Tag verbracht hatte: Dass er normal gefrühstückt hatte, weil er sich eigentlich nichts aus Geburtstagen mache, das sei wie das Tageshoroskop, reine Ansichtssache; dass ihn aber auf dem Flur schon die Nachbarin angesprochen habe, der er wöchentlich bei den Einkäufen half; dass es bei der Arbeit das Gleiche gewesen sei, jeder habe ihn auf seinen Ehrentag, so sagten sie, angesprochen; sogar für eine Torte sei zusammengelegt worden und ein enger Kollege habe einige schöne Worte gesagt, nichts großes, aber sehr nett und auch so gemeint, das sei schließlich wichtig; am Ende sei der Chef vorbeigekommen, ein junger Kerl, höchstens Mitte Dreißig und habe ihm für den Rest des Tages freigegeben. »Es ist doch Ihr Ehrentag«, sprach Nix den Chef nach und lachte dabei.

Nichts davon stimmte.

Das Mädchen hatte die ganze Zeit über in die vorbeigehende Menge geschaut. Nix hatte jedoch das Gefühl, dass durch das, was er gesagt hatte, wieder eine Verbindung zwischen ihm und ihr entstanden war.

Er bot ihr an, mit ihr noch eine Runde Autoscooter zu fahren. Das Mädchen wollte sich nicht gleich entscheiden. Sie wollte am Rande des *Breakdance* stehen bleiben, um nach Freundinnen Ausschau zu halten, die dort immer zu finden waren oder mit denen sie sich verabredet hatte. Nix verstand es nicht recht, er war mit den Gedanken nicht bei dem, was sie sagte. Also verstand er auch ihr Zögern nicht, er mochte den Autoscooter gerne. Wieder griff er sie am Arm und zog sie mit sich. Als das Mädchen erschrocken ausrief, lachte Nix laut und sprach sie nach: »Na, du bist mir 'ne Nummer!«

Sie fuhren einige Runden, und Nix kam ins Erzählen. Er sprach von allen möglichen Dingen, er versuchte, das Mädchen zu beeindrucken. Dies auch durch seine Fahrweise: Wenn er jemanden mit seinem Scooter rammte, dann wählte er aus; es gab eine Reihe kleinerer Kinder, die Nix mied. Ja, er gab ihnen sogar das Gefühl, dass in einem gewissen Radius um seinen Wagen keine Gefahr für sie bestünde und Nix hatte auch das Gefühl, dass die Kinder das verstanden und zu schätzen wussten. Auch die Jugendlichen mied Nix, denn er hatte kein Interesse daran, mit ihnen Streit anzufangen. Außerdem stand er im Vergleich zu ihnen vor dem Mädchen sicher als alter Mann da. Es blieben deshalb nur noch wenige Wagen übrig; darunter ein Pärchen mittleren Alters, mit denen man lachte, bevor es zum Aufprall kam.

Nix rammte das Pärchen gleich mehrere Male hintereinander, so dass die Frau im anderen Wagen laut auflachen musste und der Mann etwas rief wie: »Das bekommen Sie zurück!« Nix rief: »Sie sind aber 'ne Nummer!« und dann gab es schon wieder einen Aufprall.

Es ergab sich nach der letzten Runde, dass Nix mit dem Paar ins Gespräch kam, und sie luden Joachim Nix und seine junge

Begleitung an den Stand gegenüber ein; der ungewöhnlichen Kälte wegen wurde schon Glühwein angeboten. Während sie tranken, fragte die Frau das Mädchen nach ihrem Namen und warum sie so schüchtern sei, so wenig spreche. Nix hatte aber gerade mit dem Mann, der sich als Österreicher zu erkennen gab, über die Tiroler Bezeichnung »Puffauto« gelacht und dabei wieder den Namen des Mädchens überhört. Man trank schnell aus und tauschte die Telefonnummern, mit dem Versprechen sich beieinander zu melden.

Das Mädchen musste danach auf die Toilette und Nix begleitete sie. Kurz vor dem Bauwagen, der etwas abgelegen hinter den Ständen aufgestellt war, warf das Mädchen ihre Handtasche weg und begann zu rennen. Weil sie aber durch den Schnee musste und Absatzschuhe trug, war es ein Einfaches für Nix, das Mädchen einzuholen und zu Boden zu stoßen. Als sie schreien wollte, setzte sich Nix auf ihren Bauch, die Arme unter seinen Knien eingeklemmt. Nix schloss seine Hände um ihren Hals und drückte zu.

Als er wieder aufstand, war Joachim Nix verwundert, dass kein Mensch auf die beiden aufmerksam geworden war. Die laute Musik der Stände hatte die wenigen, aber schrillen Schreie des Mädchens wohl völlig übertönt. Nix drehte sich einmal um sich selbst, konnte aber niemanden in der Nähe ausmachen. Er schob den Körper des Mädchens die nächste Böschung herunter, neben der ein kleiner Haufen harten Schnees aufgehäuft worden war, vermutlich, als man den Kirmes-Platz geräumt hatte. Joachim Nix stieß mit dem Fuß Schneebrocken aus dem Haufen und ließ sie den Körper des Mädchen begraben. Als nichts mehr von dem Mädchen zu sehen war, verließ Nix schnellen Schrittes die Kirmes.

Joachim Nix ging mit Herzklopfen durch die Stadt, die wegen der Kirmes leerer war als sonst am Wochenende. Es kam ihm zupass. Nix kam an ein paar Geschäften vorbei und überlegte, ob er noch etwas für den Sonntag einkaufen müsse. Er zwang sich zum Alltäglichen, kaufte in einer Drogerie eine große Packung Taschentücher und Kaugummis, ohne dass er etwas davon gebraucht hätte.

Joachim Nix ging wieder eine Weile, richtungslos, wie er dachte, bemerkte aber plötzlich, dass er auf dem Weg zu seiner früheren Frau war. Das wunderte ihn, er hatte nicht absichtlich diesen Weg eingeschlagen; vielleicht aber doch, er war sich jetzt nicht mehr sicher. Es war ihm auch gleich. Er war schon lange Zeit nicht mehr dort gewesen, hatte seinen Jungen seit Jahren nicht mehr gesehen. »Warum also nicht«, sagte er sich.

Seine Ex-Frau war alt geworden. Ihre Haut war ganz anders als die des Mädchens, ledern und völlig haarlos. Er wusste nicht mehr, ob das immer schon so gewesen war. Schließlich waren sie jung zusammengekommen, er hätte sich erinnern können und ärgerte sich, dass es ihm nicht gelang. Die Frau lud Nix auf einen Tee ein und schien weniger überrascht von seinem Besuch, als er erwartet hatte.

Sie tranken eine Weile schweigend Tee. Nix fragte nach dem Jungen, aber er war nicht da; er war auf die Kirmes gegangen. »Natürlich«, antwortete Nix. Auf die Frage, wie es ihm ginge, sagte Nix, dass er jetzt wieder mit einer Frau zusammen lebe, einer deutlich jüngeren, aber er wisse noch nicht, ob es etwas Dauerhaftes sei. Er gab die Frage zurück, erhielt aber keine Antwort. Dann schaute seine Ex-Frau ihn eindringlich an und sagte: »Nee, ich bleib ohne Mann.« Wiederum war es still geworden, die Wörter waren aus. Bis Nix plötzlich auf den Tisch klopfte und lachend rief: »Na, du bist mir 'ne Nummer!«. Dann trat wieder Stille ein.

Nix verabschiedete sich rasch. Sie sagten sich ein paar Worte, kamen noch einmal auf den Jungen und als Nix schon auf dem Weg war, hörte er die Stimme seiner früheren Frau ihm nachrufen, dass er vorsichtig sein solle; es taue bereits.

Elisabeth Ebenberger

Ein Augenblick

Der Brief von daheim ist gekommen wie ein Schwall schwarzen, trüben Wassers, über sie geschüttet aus einem Putzkübel. Heimkommen müssen, dringend. Ein Abschied und Umarmungen, Tränen auf dem Bahnsteig, Versprechungen, von denen man bereits weiß, dass sie nicht eingehalten werden können. Pierre, ach Pierre, au revoir mon Pierre, Türenschlagen, Abfahrt, Ende. Endlose Bahnfahrt, ratternd über hunderttausend Schwellen, eine Distanz zerhackt vom unverständlichen Staccato aus Lautsprechern in nachtkalten Stationen, hinübergezogen in einen Morgen, der ohne Tageslicht auskommen muss. Morgenröte kündet Unheil, so sagen sie daheim im Dorf, schwere Wolken hängen tiefdunkel über dem hügeligen Land, dicht über den schwarzen, schmiedeeisernen Kreuzen und den Chrysanthemen. Graue Schirme gegen das graue Nieseln, mit patzigen Schneeflocken durchmischt, die unbeschwerten sonnigen Tage dort draußen sind endgültig vorbei, du bist zu lange dort geblieben, und noch auf dem Friedhof die Vorwürfe: Warum warst du nicht da, Kind.

Dann, in der engen Küche, mit den letzten summenden Fliegen an den angelaufenen Fensterscheiben hinter den handgehäkelten Gardinen, bei lauwarmem Milchkaffee, der noch genauso riecht wie immer, die alte dreifarbige Katze auf dem Schoß, wie alt werden Katzen eigentlich, die dreifarbigen sind Glückskatzen, andere hatte der Vater nie auf dem Hof wollen, sieben Leben hat so ein Vieh, hat er gesagt und die Minka gestreichelt. Das Bild vom Vater auf der Kredenz, mit dem schrägen schwarzen Band über dem Metallic-Rahmen. Spürbare Abwesenheit. Die Mutter seufzt, wischt nicht vorhandene Krümel von der Tischdecke, da fällt ihr der Rosenkranz aus der Hand. Ein Kerzenlicht flackert im Lufthauch, leise Verlegenheitssätze schweben zwischen den Kondolenzbesuchern, ein Kommen und Gehen wie auf Watte, Kaffeelöffelgeräusche in den Tassen über tiefe Seufzer hinweg.

So ein würdevolles Begräbnis, schön hat er gepredigt, der Herr Pfarrer, das hat er sich aber auch verdient, der Vater.

Und gut, dass du rechtzeitig heimgekommen bist, die einzige Tochter, warst lange weg, bleibst du jetzt länger zu Hause, für ganz womöglich?

Die Trauer gibt mildernde Umstände: Toleranz für die nervös angesteckten Gauloises-Zigaretten, Verständnis für die Schweigsamkeit, Anteilnahme und mildes Kopfschütteln für die Heimgekehrte, die fremdgewordene Tochter. Der Karl ist bei den allerersten Kondolenzbesuchern. Das ist eine Ehre, ist ja inzwischen was geworden aus dem Karl, Bürgermeisterkandidat ist der jetzt sogar, ganz offiziell. Beileid, aufrichtige Anteilnahme, ein paar unbeholfene Floskeln zwischen gesenkten Köpfen, nicht mehr. Ein Augenblick voller Distanz und Leere, ein Händedruck ohne Gefühl, kalt und leer. Die Mutter wischt sich die Augen, ihr Blick geht rotgerändert zwischen dem Karl und ihr hin und her.

Im Sommer nach ihrem ersten Studienjahr, erstmalig, einmalig, und natürlich gegen den Willen des Vaters war sie in die grellen Farben der südlichen Länder eingetaucht. Auf Schritt und Tritt, Tag und Nacht, Hand in Hand mit dem Karl, der aber nicht anders konnte als Zug um Zug Vergleiche anzustellen mit daheim. Der sich mit dem Vater besser verstanden hatte als die Tochter. Der ständig den Kopf geschüttelt und kritisiert hat: Ein Himmel ist das hier, orange statt himmelblau! Die Wiesen braun statt grasgrün, Muscheln und Krabben auf dem Teller statt einem ordentlichen Braten mit Erdäpfeln!

Karl, fremder Vogel in der Fremde; Karl, der wie ein Hund hinter ihr hergelaufen war in seiner weißen Haut mit den tausend Sommersprossen, trotz des grauen Regenschirmes, den er sogar hier nicht entbehren konnte; Karl, der damit am Strand neben ihr gehockt war, ständig damit beschäftigt, sich selber Sand in die Augen zu streuen. Als sich seine Schultern im Sonnenbrand gerötet hatten an den Konturen des ärmellosen Unterhemds, musste sie sich selbst beschwichtigen, um gerecht zu bleiben: Er kann ja nichts dafür. Er passt einfach nicht hierher. Er passt nicht. Der Karl.

Mitleid ist ein schlechtes Fundament. Das reicht nicht für ein ganzes Leben, nicht einmal dem Vater zuliebe. Neben dem Karl hätte lebenslänglich alles nach Brennnesseln und nach Kuhstall gerochen. Mit dem Karl hätte es nur Graugrün gegeben, weil er Sand in den Augen hat und nur Polka und Ländler in den Ohren, aber sie brauchte eine Symphonie in Rot und Blau und Gold, und tausend funkelnde Sterne! Die Heimfahrt aus Griechenland hatten sie bereits getrennt angetreten, sie etliche Wochen später als er. Im Herbstsemester hatte sie dann Kunstgeschichte belegt. Der Vater hat es vom Karl erfahren, und das war das endgültige Ende, es gab dann keinen Scheck vom Vater mehr, und dafür hat der Karl keine Antwort mehr auf seine Briefe bekommen. Der Winter war kalt und unerträglich, kaum zu überstehen, kaltes Stadtgrau, denn heim aufs Land traute sie sich nach alldem nicht. Vermisst hat sie am meisten die Wärme der kleinen dreifarbigen Glückskatze.

Heiß ist es in der Küche, Dampf wie ein Samtvorhang. Dahinter ist eine andere, eine wohltuende Wärme: eine, die von einem kleinen, roten Akkordeon ausgeht, wo einer für sie auf den Perlmutt-Tasten Musettewalzer spielt. Rubinroter Campari in einem Glas, ihre Lippenstiftabdrücke am Glasrand, ein Prickeln im Kopf und im Herzen, Hand in Hand Paris und Pierre und ein anderer Sommer schier ohne Ende …

»Marie!« Wie Spieße dringen die Vokale durch die Verlegenheit.

»Marie! So sag doch –.«

Was soll sie sagen? Dieses Angestarrtwerden, es schnürt jegliches Wort ab. Diese Hitze im Raum. Ihre mühsamen Bewegungen, kein Nicken – kein Kopfschütteln, kein Ja – kein Nein, keine Zustimmung, keine Entscheidung. Augenblicke voller Abwesenheit und Unbeholfenheit, eine Ewigkeit, und die Vergangenheit wie ein starrer Eiskristall in all dem Dampf. Die Lippen zusammenpressen und die Tränen runterschlucken. Wie ein ausgefranstes, graues Scheuertuch liegen alte verbrauchte Gefühle um ihre Füße. Ein Abwenden, ja, das am liebsten, aber ein neuer Peitschenhieb verhindert die Flucht: »Marie!«

»Ich überlege es mir«, könnte sie sagen als Antwort auf eine Frage, der sie nicht zugehört hat.

»Ich überlege es mir«, murmelt sie und macht eine Bewegung, die ein Nicken werden soll; aber nein, Nicken könnte schon Zustimmung sein, Kopfschütteln – ist das passender? Sie hat die Frage nicht gehört, aber sie kann sie sich denken, so wie die Mutter zwischen ihr und dem Karl hin und her schaut und seufzt.

Das rote Akkordeon hat aufgehört zu spielen, das Campariglas ist leer. Da ist Zwetschkenschnaps – noch vom Vater selbst gebrannt – in der Flasche, die vor dem Karl steht. Eine graugrüne, bauchige Flasche, ein scharfer Inhalt. Brennnessel, Heugeruch, ein Hauch von Mist und Stall, und die Fliegen summen an den Fensterscheiben. Die Kaffeelöffel machen ihre Runden in den Kaffeetassen. Die Kondolenzbesucher sind alle schon gegangen. Sie starrt auf die kreisenden Milchschaumbläschen in ihrer Tasse, sich nach und nach auflösende, weißliche Bläschen auf dem lauwarmen, hellbraunen Kaffee und ein paar Flocken Milchhaut, wie sie das schon als Kind gehasst hat. Ein Brei zum Würgen und Kotzen und Ersticken. Da ist Watte um ihren Kopf und Blei an den Füßen, lähmendes, kaltes, graues Blei. Zum Davonlaufen würde man Kraft brauchen. Schwarz ist alles, moorig grundlos, schlammschwarz, nicht nur wegen der Trauer. So kann es der Vater doch nicht gemeint haben mit ihr. Da war ja mehr zwischen ihm und ihr, mehr als Pflicht und Kuschen und Beine unter den Tisch strecken. Er hat sie doch mögen, der Vater? Wäre sie sonst so Trost-los?

»Ich überlege es mir«, murmelt sie noch leiser als zuvor, jede Minute Aufschub ist schon ein Gewinn, aber da ist der Karl schon aufgestanden, kommt um den Tisch herum, streckt die Hand aus, sie jedoch beugt sich zur Seite, zu der anderen Seite, zu ihrer Handtasche hinunter, sie kramt umständlich und verbissen nach einem Taschentuch und schnäuzt sich dann lange, so lange bis der Karl endlich – ohne sich umzudrehen – zur Tür gegangen ist.

Ulrich Effenhauser

Wiktor

»Einst kämpften, in uralten Zeiten, der Geist des Winters und der Geist des Sommers um die Welt. Sie wüteten schrecklich, jahrtausendelang, doch endlich besiegte der Winter den Sommer, und er sperrte ihn in die Erde, tief unter die Gebirge, die wie eiserne Ketten auf dem Sommer lasten. Hier quält sich der Geist, er brütet und sinnt auf Rache. Jedes Mal, wenn er versucht, sich aus seinem Verlies zu befreien, zerrt er an den Ketten und stemmt sich gegen das Gestein. Es rumort dann die Welt, die Erde bebt, und durch die Risse des Bodens entweichen zuerst der giftige Atem und dann der Schweiß und das Blut des Sommers. Dieses Blut ist die Glut der Sonne, es bringt die Gletscher zum Sieden, es rinnt in Strömen von den Bergen, es steckt die Wälder in Brand und kündet dem Winter, dass der Sommer lebt, dass er dereinst hervorbrechen wird.«

Es weht ein eisiger Nordost, die Arbeiter haben sich verkrochen. Arkadij schnippt die Zigarette weg. Die Berechnungen müssten nun fertig sein. Er geht zurück ins Zelt und beugt sich über den Laptop. Die Zahlen sind außerordentlich! Er hat wieder einmal richtig gelegen! Man wird zufrieden sein in Moskau.

Arkadij öffnet das E-Mail-Programm. Seine Finger überschlagen sich beim Tippen. »... haben die gravimetrischen und reflexionsseismischen Untersuchungen ergeben, dass mit enormen Ressourcen zu rechnen ist, fünf bis sechs Billionen Kubikmeter sind wahrscheinlich. Zwar beträgt das Risiko, auf eine Magmakammer zu stoßen, etwa 50 Prozent, doch bei Erfolg besteht Aussicht auf enormen Profit. Faktoren des Naturschutzes sind angesichts der zu erwartenden Vorkommen zu vernachlässigen, die Probebohrung wird unter bekannten Geheimhaltungskriterien erfolgen, die UNESCO wird nicht oder erst verspätet informiert, für Außenstehende wird es sich um die üblichen vulkanologischen Studien handeln.«

Er versendet die Mail, geht nach draußen und schaltet die Messgeräte ab. Tiefrot hängt die Sonne über dem schneebedeckten Vulkankegel. Arkadij kennt die Gegend. Dort drüben, wo die verkohlten Stämme stehen, müsste noch irgendwo die alte Geologenhütte sein, die er und Wiktor damals gebaut hatten.

Von der Hütte aus sind wir an den Fluss gegangen. Aus dem Vulkankegel stiegen die schwefeligen Dämpfe auf und verfärbten den Himmel gelb; ansonsten verhielt sich der Schiwelutsch ruhig. Wir durchquerten eine schwarze Wüste. Die Bäume hatten sich beim letzten Ausbruch blitzschnell in Fackeln verwandelt und waren in Rauch aufgegangen, eine Ascheschicht bedeckte meterdick den Boden, doch an manchen Stellen wuchsen schon wieder Birkensämlinge, und gelegentlich blühte die orangefarbene Kamtschatka-Lilie.

Es war wie im Paradies. Im Minutentakt zogen wir die Lachse aus dem Fluss, in breiten, dunklen Schwärmen durchpflügten sie das Wasser, das sich blutrot verfärbte, wenn die Fische ihre Eier abgelegt hatten.

Wiktor hatte ungefähr einen Kilometer weiter oben geangelt. Plötzlich stand er hinter mir, sein Gesicht die blanke Wut, so wie zu Kinderzeiten.

»Wo hast du meine Lachse?«

»Was meinst du? Wo soll ich sie haben?«

»Mein Eimer mit den Lachsen ist weg! ... Gib ihn mir!«

Wiktor war es nie um Besitz gegangen. Es ging ihm um Gerechtigkeit. Unrecht konnte er nicht ertragen, es machte ihn verrückt, und ich wusste, was dann passieren konnte. Einmal hatte er einem kommunistischen Beamten das Nasenbein gebrochen, indem er ihm eine Handvoll Rubelmünzen ins Gesicht schleuderte, weil der Mann das übliche Bestechungsgeld willkürlich verdoppelt hatte.

Wiktor kam immer näher heran. Er rempelte mich, sodass ich eine halbe Drehung nach hinten machen musste, um nicht umzufallen. Da sah ich, auf einer kleinen Insel im Fluss, einen großen Braunbären, der gerade am Kieselstrand einen Haufen Lachse verspeiste, der Eimer lag neben seiner Tatze.

»Ihr habt unglaubliches Glück gehabt«, sagte der alte Korjake und lachte uns aus, so dass seine Augen zu Sicheln wurden. »Wenn ihr keine Fische gehabt hättet, dann hätte er euch auf der Insel verspeist!« Dann legte der Alte ein Stück Lachsfleisch über das Feuer, und der Rauch in seinem Zelt biss in unseren Augen wie der Atem des Teufels. Wiktor hatte ihm die Fische geschenkt und war zufrieden. Entschuldigt hat er sich bis heute nicht bei mir.

Das Bohrgeräusch klingt, wenn eine gewisse Tiefe erreicht ist, wie das Schnarchen eines Betrunkenen. Dann wird es zu einem Summen, und schließlich vibriert nur noch leise das Gestänge des Bohrturms. Die Arbeiter sind neugierig. Jeden Tag fragen sie, ob schon Ergebnisse vorliegen, und jeden Tag antwortet Arkadij ihnen, dass es noch dauert. Da sie nicht viel zu tun haben, spielen sie Karten. Den Wodka hat Arkadij ihnen verboten. Ebenso das Abschießen von Bären und Schneehühnern.

Abends, nachdem die Sonne hinter dem Schiwelutsch untergegangen ist, schickt er den Tagesbericht nach Moskau: »Die Bohrung verläuft nach Plan, aufgrund des hohen Basaltgehalts haben wir zwei Tage Vorsprung. Die wassertragenden Schichten sind kein Problem, die Temperatur beträgt derzeit 69 Grad. Es gibt keinerlei Hinweise auf Magmakammern! Bei gleichbleibender Geschwindigkeit ist in zwölf Tagen mit dem Vordringen in gasführende Schichten zu rechnen. Die Investition wird sich auszahlen!« Über seine Prämie wird er später verhandeln;

in diesem Moment reicht ihm die Vorfreude auf den Erfolg. Gut, dass er es riskiert hat! Jeder andere hätte gekniffen.

Ja, mutig sind sie schon immer gewesen, er und sein Bruder. Jeder auf seine Art. Den Konzern von jetzt auf gleich zu verlassen, um sich in Moskau als Dissident zu verdingen, war nur möglich, wenn man mutig ist. Sinnlos mutig ... Arkadij hat ihn gehasst dafür! In den Zeitungen ist manchmal sein Bild zu sehen, in einer Reihe mit Kasparow und den anderen Querulanten, und zwei-, dreimal wurde er von ausländischen Fernsehteams interviewt. Wie ein beleidigter Heiliger sieht er dann aus, mit seiner gnadenlosen Gerechtigkeit im Gesicht schimpft er auf Putin, Gazprom und seinen älteren Bruder, der die Rubel aus dem Boden pumpt und seine Geologenehre verkauft hat.

Unseren Berechnungen zufolge stand der Schiwelutsch kurz vor dem Ausbruch. Die Fumarolen stiegen höher, bei mehreren Geysiren hatten sich die Eruptionsintervalle verkürzt, auf dem Kegel war kein einziger Raabe mehr zu sehen. Wiktor wollte so nah wie möglich an den Krater heran, er war nicht davon abzubringen. Also stiegen wir hinauf. Bei strahlend blauem Wetter waren wir losgegangen, doch gegen Mittag kam völlig unerwartet ein Schneesturm auf, mitten im August. Der Gipfel verschwand in einer dunklen Schneewolke. Der Wind schnitt eiskalt in unsere Gesichter, die Kompasse spielten aufgrund der seismischen Aktivitäten verrückt. Nach einer Stunde hatten wir uns heillos verlaufen und bauten mit letzter Kraft das Zelt auf. Keiner war imstande etwas zu sagen, wir pressten uns ganz nah aneinander und konnten vor Kälte kaum schlafen. Als der Sturm nach zwei Tagen endlich aufhörte, krochen wir aus dem Zelt und standen in dichtem Nebel. Es herrschte eine ungeahnte Stille, nur unsere Mägen knurrten. Die Vorräte hatten wir aufgebraucht, und allmählich wuchs in mir eine namenlose Wut auf meinen Bruder heran. Stundenlang irrten wir herum, den bohrenden Hunger im Gefolge, und mit jedem Schritt, den wir im tiefen Schnee machten, wurde mein Verlangen größer, über Wiktor herzufallen wegen seiner dummen, kindischen Abenteuerlust. Der Hunger hatte meinen Zorn angefacht wie morsches Holz das Feuer, ich hatte das Gravitationsgerät schon in der Hand und war kurz davor, damit auf Wiktor einzuprügeln. Da sahen wir Dutzende von Schatten im Nebel herumwabern; sie bewegten sich im Schwarm, sie flossen durch das Grau, es war wie ein Wald, dessen Bäume Beine bekommen hatten. Immer wenn wir uns näherten, wich der Wald zurück und entfernte sich auf ein paar Meter. Wiktor zückte das Fischmesser, und ich glaubte, er wolle es mir ins Herz stoßen, um sich an meinem Blut satt zu trinken. Stattdessen stellte er sich hin und urinierte in den Schnee. Die Schatten traten nun aus dem Nebel, sie kamen heran. Es waren Rentiere, die gierig Wiktors Urin aufleckten. Ein weißes stand direkt vor ihm. Er holte aus und rammte dem Ren das Messer in den Hals. Wir schlugen das Zelt auf, kochten das Fleisch und erinnerten uns an die Sommerspiele unserer Kindheit. Einen Tag später liefen wir halbnackt auf dem Kegel des Schiwelutsch herum und fotografierten einen Lavastrom, der sich unter Dampfen und Schnauben auf dem Gletscher hinab ins Tal wälzte. Den alten Korjaken, dem die Herde gehörte, trafen wir unten im Tal. Wir wollten ihn bezahlen, ich gab ihm 50 Rubel und mein Bruder eine Flasche Wodka. Der Korjake nahm das Geld in seine Handschuhe, seine Augen wurden zu Sicheln und er lachte. Dann winkte er uns in sein Zelt und legte das Fleisch über das Feuer, in das er die Geldscheine warf. Und während er den Wodka trank, erzählte er uns die Sage vom Sommer und vom Winter.

Gleich ist es soweit. In ein paar Minuten wird das Ergebnis der Probebohrung vorliegen. Laut Computeranzeige befindet sich die Bohrspitze in 2190 Metern Tiefe, die Temperatur beträgt 172 Grad, der Druck ist verhältnismäßig niedrig.

Arkadij nimmt einen Schluck Wodka. Er betrachtet den Vulkan, aus dessen Richtung der Wind weht. Schwefelgeruch liegt in der Luft, die Fumarole macht einen Bogen und verflüchtigt sich im Blau des Himmels. Gleich wird er den Tagesbericht verschicken. Welch ein Erfolg! Welch immense Mengen Gas! Die Aktionäre werden jubeln.

Arkadij wartet und nimmt noch einen Schluck. Er vertreibt sich die Zeit und geht ins Internet. Er gibt den Namen seines Bruders ein. Das hat er schon seit langer Zeit nicht mehr getan. Dutzende von Einträgen erscheinen. Wiktor wird als »Staatsfeind« bezeichnet. Er ist nun schon seit neun Monaten in Haft und befindet sich an einem unbekannten Ort. Seine Äußerungen gegen die Regierung werden als »giftige Hetze eines undankbaren Stänkerers« bezeichnet. Ein Foto zeigt ihn mit kurzgeschorenen Haaren, mager und aufrecht.

In meinem Kopf entsteht ein Bild. Gestein schmilzt, Magma fließt aus dem Innern in Richtung Kruste, immer mehr ballt es sich zusammen, tief verschlossen, unten zwischen den Schichten. Der Druck wird extrem, das Magma sucht sich ein Ventil, es strömt, drängt, spritzt nach oben, endlich tritt es aus, platzt hervor, wälzt sich nach allen Seiten, überschwemmt die Welt, verdampft das Eis.

Der Computer zeigt das Ergebnis an, aber ich sehe nur Wiktor vor mir, mit seinem gerechten Gesicht. Wiktor sagt etwas.

»Schreib ihnen, dass da unten eine Magmakammer ist«, sagt er zu mir. »Schreib, dass sie quer über dem Gasfeld liegt! Schreib, dass die Erschließung unmöglich ist! … Schreib es!«

Ich blicke hinauf zum Schiwelutsch.
Die Fumarole kräuselt sich in den Himmel.
Sie sieht aus wie ein Geist.
Sie sieht aus wie der Geist des Sommers.

Arkadij schreibt den Bericht, und seine Finger überschlagen sich beim Tippen.

Jesse Falzoi

Acceptance

Ich reichte Marina ein Tuch, das ich für verdammt viel Geld im Lafayette gekauft hatte.

»Du hast mir gefehlt«, sagte sie. »Seit wann bist du zurück?«

»Seit gestern Abend«, log ich.

Sie faltete das Tuch auseinander und begrub ihr Gesicht darin. »Ist das etwa Seide?«

»Irgend so was«, sagte ich. »Jetzt machen wir dich erstmal chic und dann werden Fotos fürs Familienalbum geschossen.«

Sie sah mich skeptisch an. »Darauf bin ich gar nicht vorbereitet.« – »Brauchst du auch nicht. Außerdem habe ich alles mit. Kannst du dich noch an den Abend erinnern, als du mit dem DJ abgezogen bist?« Ich schob das Tablett mit den Resten vom Mittagessen zur Seite und holte die Kosmetiktasche aus meinem Rucksack. Dann hielt ich einen Waschlappen unter den laufenden Wasserhahn und tröpfelte etwas von Marinas Waschlotion darauf. Das ganze Bord war von ihren teuren Cremes besetzt. Hydrosonstwas Antifaltenwunder und wie das Zeug noch so hieß. Ich griff nach der Tagescreme und einem Gel, das dunkle Augenränder um 84% reduzieren sollte.

»Der DJ aus dem Cookies?«, fragte sie, während ich mit dem Waschlappen ihr Gesicht wusch.

»Doch nicht im Cookies.« Ich nahm ein Kosmetiktuch aus der Box. »Das war im WMF, als es noch gegenüber von der Kalkscheune war.«

Marina schien angestrengt nachzudenken. »WMF? Wirklich?«

»Das Cookies war da gerade im Postfuhramt«, sagte ich und tupfte die Wundertagescreme auf ihre Stirn. »Du hast erst dem

Barkeeper aus dem Pip's versprochen, ihn abzuholen, wenn er den Laden dichtgemacht hat, dann sind wir ins Cookies und du hast auf den Porsche gekotzt.«

Marina lächelte. »Wessen Porsche?«

Ich massierte die Creme in ihre Gesichtshaut ein und nahm mir dann ihre Augenränder vor. »Der stand halt da. Voll auf die Windschutzscheibe. Mann, war der Typ wütend.«

»Daran kann ich mich gar nicht mehr erinnern«, sagte Marina und berührte mich am Unterarm. »Welcher Barkeeper überhaupt?«

Ich trug Make-up auf und strich dann leicht mit dem Rougepinsel über ihre Wangen. »Der Ami, der hatte dir doch den ganzen Abend einen Wodka Lemon nach dem anderen ausgegeben, und dann hast du gesagt, dass du nur mal kurz ins Cookies willst und danach wiederkommst.«

Marina sah mich an, als wäre ihr das alles total neu. »Echt?«

»Nachdem du aufs Auto gekotzt hast, habe ich dich mit dem Fahrer nach Hause geschleppt und ins Bett gebracht, Schätzchen«, sagte ich.

»Und, ist er geblieben?«

Ich musste lachen. »Er hat zugesehen, dass er davonkam, als du ihm auch noch seinen Anzug voll gekotzt hast.«

Ich hielt verschiedene Lidschatten an ihr Gesicht und entschied mich für ein helles Aubergine. Wenn die Haut so blass ist, muss man aufpassen, dass es nicht zu grell wird. Dann holte ich die falschen Wimpern aus der Packung. »Jetzt musst du ganz still halten.«

»An den Augen bin ich doch so empfindlich«, beschwerte sich meine Freundin. Ich tupfte den Kleber an die vorgesehenen Stellen. »Wer schön sein will ...« Als ich die Wimpern auf Marinas Lider drückte, zuckte sie zusammen. »Ich erinnere mich noch genau an die Sache mit dem DJ«, fing ich an, um sie abzulenken.

»Erzähl.«

»Das war so. Zuerst hast du gedacht, dass du nicht mitkommen kannst, weil deine Mutter krank geworden ist und nicht auf Leonie aufpassen konnte. Dann ging es ihr wieder besser und du hast die Kleine bei ihr vorbeigebracht.« Zufrieden betrachtete ich mein Werk. »Du kannst die Augen jetzt aufmachen, aber vorsichtig.«

Marinas Wimpern gingen langsam in die Höhe.

»Phantastisch«, sagte ich. »Wie die Dietrich.« Ich nahm den Kajalstift und zog langsam eine schmale Linie dort, wo einmal die Augenbrauen gewesen waren. »Dann sind wir ins WMF gegangen. Du warst kaum auf der Tanzfläche, da sprang einer der DJs von der Bühne und hat dich von hinten umarmt und dann habt ihr getanzt und ...« Ich hatte mir angewöhnt, eine Pause zu machen, wenn es besonders spannend wurde.

»Und?«

Ich tauschte schnell das Tuch auf ihrem Kopf aus, damit weder sie noch ich länger darüber nachdenken konnten, was aus ihren Haaren geworden war. »Nach höchstens fünf Minuten seid ihr verschwunden«, sagte ich und holte meinen Rucksack. »Rate, was hier drin ist.«

»Sag schon.«

Ich ließ sie einen kurzen Blick hineinwerfen. »Na?«

»Ich glaube es nicht«, flüsterte sie.

»Frag nicht, wie lange wir danach gesucht haben.« Ich holte den Jeansoverall heraus, den sie an jenem Abend getragen hatte. Knalleng, und mit einem Dekolleté, bei dem du alles vergisst. Marinas Mutter hatte die Idee gehabt, auf dem Boden nachzusehen, wo sie die ganzen Kartons verstaut hatten, nachdem die Wohnung aufgegeben werden musste.

Marina schlug die Decke zurück und richtete sich langsam auf. »Ob ich da noch reinpasse?«

»Du bist doch wieder schön schlank«, sagte ich und half ihr dabei, das Nachthemd auszuziehen. Als ich das erste Mal hier gewesen war, hatte ich einen mächtigen Schrecken bekommen, weil sie so viel abgenommen hatte. Auch obenrum, aber ich hatte extra einen Push-Up mitgebracht. »Also, du hast mir damals erzählt, dass ihr in die Kalkscheune gegangen seid, wo die DJs ein Zimmer hatten.«

»Jetzt erinnere ich mich wieder«, sagte sie. »An dem Wochenende war ein DJ-Workshop und die haben alle in der Kalkscheune geschlafen. Da gab es eine Menge von diesen Minizimmern, ich weiß noch, wie ich mich darüber gewundert habe.«

Mit meiner Hilfe schlüpfte sie in die Hosenbeine. Dann stützte sie sich auf mich und stellte sich hin. Der Anzug sah aus wie der Blaumann vom Handwerker, der am Vortag die kaputten Fliesen in meinem Bad ausgetauscht hatte. Ich holte ein paar Sicherheitsnadeln aus meiner Tasche. »Das macht man auch bei Models«, sagte ich und brachte ihn wieder auf Figur. »Du siehst toll aus.«

Marina sah an sich hinunter. »Wirklich?«

Ich ging in den Flur, um eine Schwester zu suchen. Und um meinen Lippen nach dem Dauerlächeln eine kurze Entspannung zu ermöglichen.

»Kann ich Ihnen helfen?«, wurde ich freundlich gefragt. Wer hier arbeiten konnte, Hut ab.

»Haben Sie irgendwo einen großen Spiegel? In dem man sich ganz sehen kann?«, fragte ich. Die Krankenschwester sah mich verwirrt an. »Nicht für mich, für meine Freundin«, fügte ich schnell hinzu.

»Sie können in den Tanztherapieraum gehen«, sagte sie und begleitete mich in Marinas Zimmer. »Frau Bendig, Sie sind ja nicht wiederzuerkennen!«, rief sie aus.

Marina schlüpfte in ihre Badelatschen und stellte sich gerade hin. »Gut so?« Ich dachte nur Scheiße, Scheiße, Scheiße.

»Was ist denn?«, fragte sie.

»Kein Problem«, sagte ich und schaffte es sogar, meine Mundwinkel noch höher zu ziehen. »Ich bin gleich wieder zurück, Schätzchen.«

Ich lief durch die langen Flure zu den Fahrstühlen und musterte sämtliche Füße. Die Mehrheit gehörte dem Personal und steckte in hässlichen Plastikclogs. In der Empfangshalle sah ich auch nichts Passendes. Ich überlegte sogar kurz, ob ich mich in den nächsten Bus setzen und zum Alex fahren sollte. So ist es mit den Schuhgeschäften, ansonsten stolperst du ständig drüber.

In der Cafeteria bestellte ich einen Espresso und wartete auf ein Wunder. Den Menschen an den anderen Tischen gehörte eigentlich der Zutritt zum Krankenhaus verboten, weil sie so gesund aussahen. Als die Kellnerin an meinen Tisch kam, fragte ich sie, ob sie zufällig hochhackige Schuhe dabei habe.

»Ja«, sagte sie, nachdem sie mir einen prüfenden Blick zugeworfen hatte. »Zufällig.«

Ich war ziemlich baff, deswegen kann ich es heute kaum glauben, dass ich sie nach der Größe gefragt habe. Doch so muss es gewesen sein, denn ich habe noch im Ohr, wie sie sagte: »Neununddreißig, aber sie fallen größer aus.«

Ich meine, wenn ich jetzt daran zurückdenke, hört sich das alles ziemlich verrückt an. Wer leiht einem wildfremden Menschen seine Schuhe? Aber sie brachte mir ein paar braune Halbstiefel mit einem Absatz, der bestimmt acht oder neun Zentimeter hoch war. »Perfekt«, sagte ich.

Marina hatte sich wieder auf das Bett gelegt. Sie sah erschöpft aus. Ich zeigte ihr meine Beute. »Was meinst du?«

»Scharf«, sagte sie schläfrig.

Ich zog ihr die Schuhe an und rückte das Tuch wieder zurecht, das beim Liegen verrutscht war. »Jetzt ruhst du dich erstmal kurz aus und dann machen wir weiter.«

»Kübler-Ross, sagt dir das was?«, fragte sie.

Vorsichtig hob ich ihren Kopf an, um ein großes Handtuch darunter zu legen. »Sonst kommt noch Schminke an dein Kissen.«

Als sie nach einer Stunde immer noch schlief, zog ich ihr die Schuhe wieder aus, um sie der Kellnerin zurückzubringen. Wir wollten unsere Fotosession nachholen, aber haben es dann doch nicht mehr geschafft.

Trotzdem, sie sah einfach toll aus in dem Jeansoverall. Knalleng, und mit einem Dekolleté, bei dem du alles vergisst.

Achim Friker

Das Biotop

Ich allein habe alles gesehen.

Die Glaskugellampen in unserm alten Musiksaal stinken nicht, obwohl sie aussehen wie vermooste Hintern. Sie haben auch einen Spalt, allerdings oben. Durch den schaffen es immer wieder Brummer hinein. Bloß nicht wieder hinaus. Höchstens ausnahmsweise mal. Gewöhnlich fräsen die Biester zwei Tage lang in der Schüssel herum, dann betten sie sich zum dunkelgrünen Bodensatz ihrer Urnen-Genossen und vertrocknen lautlos.

Die Lampen sind deshalb so grottig, weil sich die Schülerinnen früherer Jahrhunderte ganz auf Monsignore Schnieders konzentrieren sollten. Ungefähr so lange unterrichtet der schon Musik. Aus dem gleichen Grund sind die Scheiben mattiert und die Wände oliv. Aber seit zweieinhalb Jahren gibt es Jungs auf Sankt Adelheid. Man nennt uns »Pilotprojekt«.

Im ehemaligen Vorratsraum ist jetzt ein Knabenklo, und die Einkochgläser werden im Kabuff hinterm Heizungskeller gelagert.

Annika, die so lange Haare hat, dass sie sich drunter hätte nackt ausziehen können, ohne dass es einem Lehrer aufgefallen wäre, und die ihre Haare anders als die anderen Mädchen auch immer offen trägt, hätte ich unser Klo gern mal gezeigt. Es soll viel moderner sein als das der Mädchen. Aber sie spielt nicht einmal Fußball. Nur Blockflöte. Sie wollte auch immer Nonne werden. Wie die Heilige Adelheid. Und wie alle Mädchen in unserer Klasse.

Die Flure und Treppenhäuser sind mit hellerer olivgrüner Farbe gestrichen. Die Decke ist gewölbt, und in der Mitte oben kriecht ein Wurm aus Leuchtstoffröhren. In denen kann sich kein Brummer verfangen. Trotzdem ist es auf den Gängen dunkler als im alten Musiksaal, und in den Treppenhäusern muss man achtgeben, dass man nicht über die ausgetretenen Stufen fällt.

Jedes Mal, wenn in unserer Klasse jemand Geburtstag hat, kriegen alle eine Süßigkeit ausgegeben. Am billigsten ist Aldis Große Genießermischung. So gibt es fünfunddreißig Mal im Jahr für jedes Mädchen und jeden Jungen eine pappige Genießerwaffel. Das heißt, es gab. Bis zur Sechs. In der Sieben beschlossen die Mädchen auf einen Schlag, Hexen zu sein. Nonnen haben nämlich ihr Leben lang keinen Sex. Höchstens ausnahmsweise mal. Hexen haben höchstens ausnahmsweise mal keinen Sex. Blöderweise sind wir bloß fünf Jungs auf dreißig Mädchen. Natürlich kriegten wir Angst. Das heißt, nur neunundzwanzig wollten Hexe sein. Romy blieb weiter bei Nonne. Sie war schon immer etwas zurück, sagen die anderen. Sie trägt auch weiter Zöpfe bis übern Po. Dafür schießt sie unhaltbare Elfmeter, und sie kann prima taktisch verzögern.

Es wurde weniger schlimm, als wir befürchtet hatten. Die Mädchen machen uns seitdem nicht wirklich an. Dabei hätte Annika wahrscheinlich bloß die Blockflöte absetzen müssen und zwinkern. So schräg von unten. Aber seit sie Hexe ist, zwinkert sie nicht mehr. Das würden bloß Nonnen tun. Romy zwinkert allerdings auch nicht.

Als Hexen machen sie in Voodoo. Das heißt, wir Jungs haben unsere Ruhe. Außer, dass wir gelegentlich ein paar Haare ausgerissen kriegen. Sie glauben dann, wir merken es nicht. Und wenn mal wieder eine Geburtstag hat, gibt es Genießerwaffeln nur noch für die Mädchen. Wir fünf kriegen ungenießbares selbstgebackenes Zeug. Ich freue mich jedesmal, wenn einer von uns Geburtstag hat oder Romy. Jetzt weiß ich erst, wie gut die Pappkekse von Aldi schmecken.

Die ausgetretensten Treppenstufen sind die runter zum Keller. Außerdem hat das Minutenlicht eine sadistische Ader. Es lässt einen knapp bis zum letzten Absatz kommen, danach tappt man im Finstern. Immer dem muffigen Geruch nach. Allerdings muss man da nur runter, wenn ein Lehrer einen was holen schickt. Meistens schicken sie uns Jungs. Die Mädchen haben ihnen weisgemacht, im dunklen Keller wäre es für sie gefährlich.

Anfangs dachte ich, sie trieben es alle mit Carlos. Der sieht ein bisschen aus wie die Typen in Tante Neskes Reisekatalog. Ich hatte mitgekriegt, wie zwei am Tuscheln waren, welche wie lang mit Carlos gepoppt hätte. Aber Carlos sagte, sie redeten dasselbe über mich. Dafür, dass Hexen höchstens ausnahmsweise mal keinen Sex haben, hielt sich diese Ausnahme erstaunlich hartnäckig.

Irgendwann haben sie sich ihren Fehlschlag wohl eingestanden. Sie begannen dann, mit der Bio-Lehrerin ein Schulbiotop anzulegen. Wahrscheinlich, um Frösche zu fangen und zu küssen. Aber das Wasser versickert dauernd, und der trockene grünliche Morast erinnert an den Bodensatz in Monsignore Schnieders' Lampen. Im alten Musiksaal gibt es allemal mehr Insekten.

Seit Annika und die anderen buddeln, gehe ich mit Romy allein zum Flöten.

Sie spielt besser als ich, aber der Monsignore unterbricht sie öfter. Wenn ihn einer von den fräsenden Brummern stört, muss immer Romy die Leiter holen (und dabei schicken die anderen Lehrer immer nur uns Jungs in den Keller). Wahrscheinlich weiß er, dass ich bis zum Heizungskeller und zurück ungefähr zwanzig Minuten brauchen würde. Er scheint jedenfalls immer noch nicht kapiert zu haben, dass Romy Meisterin im taktischen Verzögern ist.

Freiwillig ein und demselben Brummer länger als acht Minuten zuzuhören ist Selbstmord. Aber so lange sitze ich jetzt schon allein. – Nachdem Romy ungefähr eine halbe Stunde weg war, und der Brummer bewiesen hat, dass er von harmonischer Begleitung nichts versteht, ist dem Monsignore der Kragen geplatzt. Mit knallroter Birne hat er nach der Lampe geschlagen. Aber die hängt zu hoch. Dann ist er Romy hinterher. Ich solle gefälligst weiter üben. – Natürlich kann er mich mal. Aber dem Brummer weiter zuhören, das kann keiner. In ein paar Minuten ist sowieso Stundenschluss. Und die Flötendichtung muss nicht dreimal gefettet werden.

Aufgetaucht ist er dann eh nicht wieder. Seit letzter Woche haben wir einen neuen Musiklehrer. Der hat in jede Lampe einen getrockneten Fliegenpilz gelegt. Seitdem ist Ruhe im alten Musiksaal.

Romy spielt immer noch Fußball und Blockflöte. Aber sie hat die Zöpfe ab. Und sie hat mir über das Mundstück weg zugezwinkert. Schräg von unten. Allerdings finde ich, sie sollte lieber das Holz zwischen den Zähnen behalten und Nonne werden. Ich bin dem Monsignore nämlich in den Heizungskeller gefolgt. Da habe ich gehört, wie sie geschrien hat: »Lassen Sie das! Lassen Sie mich los!« Und ich habe auch gehört, was der Monsignore Gemeines geantwortet hat. Da habe ich gezittert und nicht gewusst, was ich tun soll. Ich habe mich versteckt, weil ich ja eigentlich noch oben im alten Musiksaal sitzen sollte und üben.

Romy weiß nicht, dass ich sie gesehen habe. Wie sie aus dem Heizungskeller rausgekommen ist. Mit offenen Haaren bis weit übern Po. Barfuß. Mit einem Einmachglas aus dem Kabuff in der Hand. Und sie weiß auch nicht, dass ich ihr gefolgt bin. Ich allein habe gesehen, wie sie den Monsignore im Schulbiotop ausgesetzt hat.

Gregor Guth

Sie schauten einander ins Gesicht

Gus wurde in den Klappsitz gedrückt, als der Zug auf die Rampe fuhr und den U-Bahn-Schacht verließ. Links und rechts der Hochbahntrasse tat sich der nächtlich erleuchtete Boulevard de la Villette auf. Eine frische Brise wehte in den Waggon, die Schiebefenster waren bis zum Anschlag geöffnet. Gus hielt sein Feuerzeug ans Ohr und ließ es aufklappen. Kling.

Es erzeugte beim Öffnen einen hellen, hochklingenden Ton, der etwa eine Sekunde nachhallte. Gus schloss die Kappe. Der goldene Gegenstand lag schwer in seiner Hand. Er befühlte die guillochierte Zündwalze und das Längsstreifenmuster; die Gravurplatte trug die Initialen seines Vaters. Der Zug drosselte die Geschwindigkeit. Gus klappte das Feuerzeug auf. Kling. Und zu. Kling. Die Station Jaurès wurde bedient.

Das Signal ertönte. Gus schaute durch die offenstehenden Türen auf den Bahnsteig. Die wenigen Passagiere, die ausgestiegen waren, erreichten die Treppen. Das Signal verstummte, die Türen setzten sich in Bewegung. Gus drückte die Faust, mit der er das Feuerzeug umschlossen hatte, fest zusammen und sprang auf.

Die Waggontüren fielen zu. Gus blieb am Bahnsteig stehen, bis vom Zug nichts mehr zu sehen war. Er verstaute das Feuerzeug in der Hosentasche und machte sich auf den Weg zum Ausgang.

Er betrat den Platz.

Zwischen der U-Bahn-Station, der Avenue Jean Jaurès und

der Wasserfläche des Bassins de la Villette bildete die Place de Stalingrad ein weitläufiges, schwach beleuchtetes Dreieck. Kling. Gus steckte eine Zigarette an. Die Rotunde von Ledoux lag völlig im Dunkeln. Gus ging langsamer.

Auf einer der Steinbänke saß ein Typ.

Immerzu drehte er seinen mit Kapuze bedeckten Kopf in Gus' Richtung. Seine Gesichtszüge waren nicht zu erkennen; die Bäume fingen das Licht der Straßenlaternen ab. Gus warf seine Zigarette auf den sandigen Boden und trat sie aus.

Dann schlenderte er auf die Steinbänke zu und blieb, die Hände in den Hosentaschen, vor einem Baum stehen. Schaute Gus hin, senkte der Typ den Kopf. Hob der Typ den Kopf, schaute Gus weg. Sie hielten die Spannung. Der Typ stand auf.

Ein hagerer, hoch gewachsener Schwarzer kam Gus entgegen. Er humpelte leicht, die Bewegung seines linken Beins schien eingeschränkt. Er trug ausgetretene Laufschuhe, ohne Socken. Seine Jogginghose war zerschlissen. Er baute sich vor Gus auf. Sie standen unter den Bäumen und schauten einander ins Gesicht. »Hast du eine Zigarette?«, fragte der Typ.

Gus hielt ihm sein zerdrücktes Soft Pack hin. Der Typ fingerte daran herum; aber er bekam keine Zigarette heraus. Er nahm Gus die Schachtel aus der Hand, klopfte eine Zigarette hervor und zündete sie mit einem billigen Plastikfeuerzeug an. Dann gab er Gus die Schachtel zurück.

Auch Gus steckte sich eine Zigarette in den Mund und griff in die Hosentasche. Als seine Finger das goldene Feuerzeug berührten, hielt er inne. Er fragte: »Hast du Feuer?«

Sie verhandelten über den Ort.

Der Typ wollte zu Gus nach Hause. Gus wohnte alleine, seine Wohnung war wenige Stationen entfernt.

»Das geht nicht«, sagte er.

Der Typ schaute argwöhnisch.

Gus sagte: »Mein Vater ist zu Besuch.«

Der Typ nickte. Gus verzichtete auf die Gegenfrage. Der Typ machte einige Schritte von Gus weg und schaute nach links und schaute nach rechts. Dann gab er ein Handzeichen.

Gus ließ ihn voraushumpeln.

Der Typ drehte sich immer wieder um, war aber sehr darauf bedacht, dass der gebotene Abstand gewahrt wurde. Er führte Gus von der Rotunde weg, unter dem Viadukt hindurch, an der Station Stalingrad vorbei in eine Seitenstraße des Boulevards.

Nach einer Viertelstunde Fußmarsch traf Gus Vorkehrungen. Die Gegend zwischen Ost- und Nordbahnhof hatte einen schlechten Ruf, und die Straßen waren nahezu unbeleuchtet. Während er dem Typen immer weiter folgte, schaltete Gus sein Handy aus, nahm den Personalausweis aus der Brieftasche und verstaute ihn, eng am Bein anliegend, in der Socke. An der nächsten menschenlosen Straßenecke blieb er einfach stehen.

Es dauerte nicht lange, bis der Typ den größer werdenden Abstand bemerkte. Er machte schnell kehrt. Sein Kapuzengesicht tauchte vor Gus auf.

Er sagte: »Vertrau' mir.«

Er lächelte, und Gus sah seine Zähne.

Nun gingen sie nebeneinander.

Vor dem Eingang eines Neubauhauses sah sich der Typ mehrmals um. Sie waren unbeobachtet. Er lotste Gus über einen von Ziersträuchern verdeckten Gehweg, entlang der weiß gestrichenen Hausfassade zur Tiefgarage. Neben der stark abschüssigen, in völlige Dunkelheit getauchten Einfahrt führte ein ebenerdiger, von einem Geländer gesäumter Betonsteg zu einer Stahltür. Der Typ blieb vor der Tür stehen. Gus näherte sich langsam. Der Typ zog den Kapuzensweater aus, er trug nichts darunter, und Gus nahm seinen Geruch wahr.

Gus steckte ihm die Zunge in den Mund. Der Typ ließ sich

darauf ein. Er fingerte an Gus' Gürtel herum; aber er bekam die Schnalle nicht auf. Gus half ihm dabei. Gus langte nach dem Bund der Jogginghose und dem Spanngummi des Slips auf einmal. Dann zog er nach unten.

»Achtung!«, flüsterte der Typ.

Gus wurde an den Schultern gepackt und gegen die Mauer gedrückt.

Über der Einfahrt blinkte ein Licht rot auf, das Garagentor setzte sich in Bewegung. Auf der Straße ertönte ein Motorengeräusch. Zwei Autoscheinwerfer beschrieben langsam eine Kurve. Das grelle Licht drohte Gus und seinen Begleiter zu erfassen. Mit heruntergelassenen Hosen harrten sie, dicht an die Mauer gelehnt, aus. Sie machten keinen Mucks.

Als das Auto den breiten Gehsteig überfahren und die abschüssige Einfahrt erreicht hatte, war die Gefahr vorbei.

Das Garagentor rastete ein, das blinkende Licht erlosch.

Sie setzten ihre Tätigkeit fort.

Der Typ nahm seinen Kapuzensweater vom Geländer und zog ihn über. Er bat um eine Zigarette. Gus klopfte sie selbst aus der Schachtel. Der Typ steckte die Zigarette hinters Ohr. Er drückte Gus am Oberarm. Dann verließ er die Einfahrt.

Gus schloss den Gürtel und knöpfte sein Hemd zu. Er tastete die Hosentaschen ab: Feuerzeug da, Schlüssel da, Handy da, Brieftasche weg, Taschentücher da.

Brieftasche weg. Gus blickte zur Straße. Der Typ hatte die Kapuze übergezogen und den gegenüberliegenden Gehsteig erreicht. Gus rannte los, dem Typen hinterher. Er rief: »Meine Brieftasche! Gib mir meine Brieftasche!«

Der Typ machte schnell kehrt.

»Sei still, sei still!«, flüsterte er.

Gus hielt den Mund. Der Typ baute sich vor ihm auf. Sie standen mitten auf der Straße und schauten einander ins Gesicht.

Der Typ zuckte mit den Schultern. Dann ging er zurück zur Tiefgarage. Gus folgte ihm. Der Typ machte sein Feuerzeug an und suchte den Boden ab. Kling. Gus tat es ihm nach.

Die Brieftasche lag neben einem zerknüllten Taschentuch vor der Stahltür. Der Typ beugte sich mit Mühe, das linke Bein zur Seite streckend, runter und hob sie auf. Er wischte das Leder an der Jogginghose sauber. Gus bekam seine Brieftasche zurück.

Er flüsterte: »Entschuldigung.«

Aber der Typ gab nur einen Zischlaut von sich und humpelte davon.

Gus blieb auf dem Betonsteg stehen, bis von dem Typen nichts mehr zu sehen war. Er überprüfte, ob Geld fehlte, und klappte sein Feuerzeug zu. Dann blieb Gus im Dunkeln stehen. Er blieb einfach stehen. Er stand einfach da.

Evis Geheimnis

Evi hatte ein Geheimnis mit Edwin gehabt.

Jetzt war Edwin fort.

Wo ist Edwin, fragte Lenie.

Augen wie Untertassen machten die Leute im Dorf, wenn von Edwin die Rede war.

Edwin liebte galaktischen Unsinn.

Hopp, rein in mein Ufo!

Sie ließen sich auf die Rücksitze plumpsen, und Edwin vorne auf dem Fahrersitz, ein Universum auf dem Kopf als ein Hütchen, pfiff.

Edwin war gerade Elektriker geworden. Er hatte sich ein eigenes Auto gekauft, um durch die Gegend kutschieren und Strommasten reparieren zu können. Klasse, dass sie beim Elektro-Edwin im Auto sitzen durften!

Edwin, darf ich auf deinem Rücken hocken im Schwimmbad?

Edwin, nimmst du mich ins Schlepptau?

Edwin, ich zupf dich an deiner Badehose!

Sie platzten wie die Glühbirnen vor Glück.

Habt ihr eure Schwimmreifen dabei?

Hatten sie.

Und Butterbrote, mit Senf drauf. Und eine große Dose Niveacreme zum Einschmieren. Und jeder von ihnen ein Kopfkissen.

Die Mama, die in ihrem Leben noch in keinem Schwimmbad gewesen war, hatte sie dazu verdonnert.

Man schwimmt doch nicht mit einem Kopfkissen unter dem Kopf, Mama!

Aber beim Ausruhen auf der Wiese braucht ihr eins. Pass gut auf meine Kinder auf, Edwin!

Dann zeichnete sie jedem mit dem Daumen ein kleines Kreuzzeichen auf die Stirn, gab Lenie einen Kuss, und sie fuhren los.

Wie viel wiegt in einem der Mut normalerweise, grübelte Evi, die gern allen Worten hinterhertappte, wenn sie schräg des Weges kamen. Die Antwort bei Edwin lag auf der Hand: so schwer, dass es ihn runter zog, wenn er einen Telegraphenmast hochkletterte, sagte Lenie. Ist er von einem Telegraphenmast gefallen?

Warum war Edwin schwermütig?, fragte Evi.

Wo ist Edwin jetzt?, fragte Paul.

Was ist schwermütig?, fragte Lenie.

Edwin pfiff gerne ein Liedchen vor sich hin, dann hielt er abrupt inne. Wenn ein lustig pfeifender Elektriker wie Edwin schon schwermütig war, was war dann erst ein traurig pfeifender Elektriker schwermütig! Ein traurig pfeifender Elektriker kam einen Telegraphenmast gar nicht erst hoch. Der musste sich anders aus der Welt schaffen. Sie zerbrachen sich die Köpfe. War schwermütig im Grunde vielleicht lustig?

So froh wie eine Sommeramsel hörte er sich an, so eigen wie ein Pirol pfiff er, wenn er mit ihnen unterwegs war.

Sie setzten sich hinten auf ihre komischen Kosmonautenkissen. Niemand musste sich anschnallen. Wie Vögel flogen sie in Edwins Auto namens Ufo herum. Paul spielte sogar ein richtiges Flugzeug im Ufo, breitete die Arme aus und flog in jeder Kurve mit, indem er sich ganz leicht machte und herumschleudern liess, bis ihm die Knochen krachten.

Edwin sass vorne am Steuer und führte vor, wie gut die Bremsen in seinem Ufo funktionierten.

Das ging so: Er nahm Anlauf, gab Gas, sauste kurz vor einem Baum an diesem vorbei in die Kurve und weiter, hinein in den Weltraum.

Seine Bremsen funktionierten prächtig. Das Auto vom Elektro-Edwin kam zu stehen, wann immer der Elektro-Edwin es wollte.

Sie knallten mit den Köpfen an die Wände im Ufo.

Edwin! Noch mal!

Und Edwin liess sich nicht lumpen. Diesmal war es die Wand einer Scheune an einem Feldweg, vor der sie knapp abbremsten, um dann in die Kurve gen Himmel zu fahren.

Ach, das Auto von Edwin hatte ganz wunderbare Bremsen!

Warum fuhr es dann kurze Zeit später an einen Baum?

Oder war er vorher aus dem Auto gestiegen, auf den Baum geklettert und herab gefallen?

Oder hatte er sich, als er oben am Baum stand, doch lieber erhängt?

Oder war er abgeholt worden in seinem Ufo, von Außerirdischen?

Niemand verriet ihnen ein Sterbenswörtchen über Edwin.

Edwin war fort.

Wo ist Edwin?, fragte Lenie

Schmier deinen Rotz nicht an die Lehne!, rief er, als er im Rückspiegel sah, wie Paul sich in den Pausen zwischen den Bremsabenteuern in der Nase herumbohrte.

Und Paul war gehorsam. Er wollte sich besonders gut benehmen, um Eindruck zu schinden in dem Weltraumauto. Er brachte den Rotz brav auf seiner Zunge unter und schluckte alles weg.

So, jetzt habt ihr gesehen, was mein Ufo alles kann, rief Edwin.

Es kann sogar fliegen, sagte Lenie.

Sie hatte sich weit nach vorne gebeugt. Über die Schulter von Edwin hinweg sah sie ihm zwischen die Beine.

Er hat ganz viele Haare da vorne, flüsterte sie.

Wo?

Dort wo seine Badehose auseinander geht.

Edwin hat schon seine Badehose an?

Brrr …

Vielleicht schämt er sich dafür?

Vielleicht schämte sich Edwin für die vielen Haare auf seinen Beinen? Vielleicht hatte er deshalb Gas ins Wageninnere geleitet in seiner Elektro-Garage? Oder hatte er sich erschossen? Eine Kugel durch den Kopf gejagt? Jagte man sich eine Kugel durch den Kopf, weil man zwischen den Beinen so haarig war wie der Elektro-Edwin?

Edwin pfiff wieder sein Liedchen vor sich hin, einmal hoch, einmal runter, kurz bevor er so weit unten war, dass man sich zufrieden zurücklehnen konnte, brach er ab. Man hing sozusagen in der Luft und wartete, dass er ganz unten ankam, den Punkt sang, aber Edwin sang den Punkt nie.

Es war wie ein Treppengesang, auf dem seine Pfiffigkeit hinauf und hinab spazierte, ehe sie gefährlich still stand und vor sich hin stierte.

Schön war Edwin nicht gerade. Sein Vater schielte, als käme er von einem anderen Stern und spähte mit einem Auge immer nach Hause. Seine Mutter dagegen rollte emsig in den Erdfurchen des Dorfes herum, eine kleine vertrocknete Rosine mit grauem Rock.

Aber sie waren beide freundlich zu Kindern, besonders der Vater von Edwin mit seinen schielenden Augen.

Habt's gewiss heute Kindergarten!

Evi dachte kurz darüber nach, ob sie nicht in Wirklichkeit

unten im Dorf im Kindergarten war, statt oben im Hof vor Edwins Vater, so sehr schielte der.

So wie er immer woanders hinsah, als man erwartete, so, dachte man, als wäre man gerade nicht da, wo man stand.

Als Edwin auf einmal fort war, da war es für Evi, als habe sie sich nur verschaut und er sei eigentlich gar nicht vor ihr gestanden mit seinem Hütchen auf dem Kopf, im Schwimmbad, bei den Büschen.

Vielleicht waren ihm in den letzten Sekunden vor dem Fortgehen diese Bilder durch den Kopf gezogen: wie er sie auf seinen Schultern hatte sitzen lassen, einen nach dem anderen, und wie er mit ihnen durch die blauen Wogen des Schwimmbads gepflügt war.

Paul gelang es an diesem Tag beinahe, zu ertrinken. So viel Wasser schluckte er, dass ihn der Edwin mit bloßer Hand vom Boden des Schwimmbeckens hochziehen musste. Wie ein hustender, nasser Hund hing er an Edwins Arm.

Er hat dem Paul das Leben gerettet, und später war er mit seinem Auto in den Fluss gefahren und hatte die Fenster aufgemacht, damit er schneller ertrinken konnte.

Fort war er. Oder hatte er mitten im Wald zwischen all den Baumstämmen das Bremsen geübt und war dann beim Bremsen eingeschlafen?

Oder war er in seinem Ufo ins Weltall geflogen, auf einen anderen Stern, dorthin, wo das andere Auge seines Vaters immer hinsah?

Sie mussten nicht wie üblich auf die Beerdigung mitgehen, dabei wurde ihnen in dieser Hinsicht sonst nichts erspart. Ihr müsst wissen, dass der Tod nicht das Ende ist, sondern der Beginn neuen Lebens, sagte die Oma und führte sie mit an die offenen Gräber, zum Erdehinabwerfen.

Gab es überhaupt eine Beerdigung für Edwin?

Evi erfuhr es eines Tages beim Bäcker, zu dem sie hatte gehen dürfen, um sich einen Amerikaner zu kaufen: Der Elektro-Edwin war abseits vom Friedhof beerdigt worden.

»Irgendwie isses nicht schlecht für seinen Vater, kann er trotz seiner Schielerei das Grab seines Sohnes auf Anhieb finden«, witzelten einige Leute im Laden, die auf einmal, fand Evi, ein bisschen gemein zu dem alten Mann waren.

»Und sein Hütchen?«

»Haben sie ihm mit ins Grab gelegt.«

Werden Selbstmörder beerdigt, Oma?

Kommt ganz darauf an.

Außerirdische?

Was wisst ihr denn von den Außerirdischen!

Unzüchtige?

Wer ist das?, fragte sie scharf.

Evi musste sich verschaut haben. Als Edwin sie hinüber zu den Bäumen gerufen hatte, war plötzlich ein Außerirdischer aus den Büschen heraus getreten. Er sah aus, wie sie wohl aussehen, wenn sie von einem anderen Planeten kommen. Sein Hütchen auf dem Kopf, blinzelte er ihr unter der Hutkrempe hervor zu. »Geheimnis«, flüsterte er und legte den Zeigefinger auf den Mund.

Er hatte ganz viele Haare zwischen den Beinen und trug noch nicht einmal eine Badehose.

Evi war zum Schwimmbecken zurückgestürzt, hatte sich ins Wasser geworfen und spähte von dort her über die sonnenbeschienene Wiese hinüber zu den Büschen. Der Außerirdische hatte sich wieder angezogen und war Edwin.

Die Sonne warf gelbe Flecken ins Gras, aber in Evis Herz brannte sie schwarze Flecken – wie am Karfreitag, wenn der Herr, obwohl die Ostersonne schon bunte Strahlenkränze an die Fenster kringelte, am Kreuz verstarb. Alle in der Kirche gingen an seinen Füßen vorbei und küssten seine Zehen. Bald würde es Ostereier geben, die würden so bunt sein wie diese Kringel, dachte Evi. Aber sie konnte sich die Ostereier in ihrem Kopf noch so schön ausmalen, ihr Herz war schwarz, als sie ihren Mund auf die kleinste Zehe des Herrn drückte, die, die sich vom vielen Küssen schon fast aufgelöst hatte.

Man darf sich nicht umbringen.

Wie ist er gestorben?

Er war Elektriker.

Kommt er in den Himmel?

Selbst der Oma wurde es langsam zu viel mit ihren Fragen.

Das weiß Gott.

Und ich!, sagte Lenie. Er hat dem Paul das Leben gerettet, jetzt ist er im Himmel.

Evi wusste es besser.

Edwin war in der Hölle.

Hoffentlich musste sie nicht eines Tages zu ihm hinabsteigen. Das hätte sich Evi in ihrem heillosen Geheimnis mit Edwin am Ende zugetraut.

Michael Helming

Die Nacht wird heller als der Abend

Bleigrau liegt die blaue Stunde über diesem Spätnachmittag. Das Display meiner Kamera zeigt den zweiten Februar, und die Luft riecht bereits nach März. Allerdings, am Übergang aus dem Januar hat es noch einmal kräftig geschneit. Im Augenblick fühle ich keine Kälte, als ob die Wolken wärmten. Die Landschaft ist ohne Geschmack, ohne Licht, ohne Kontur.

Nach einem Arbeitstag am Bildschirm gehe ich manchmal mit meinem Fotoapparat raus wie andere Leute mit dem Hund. Wir lassen die Stadt hinter uns, kommen auf freies Feld. Mitten auf einer Wiese, auf der wir oft schon und zu jeder Jahreszeit hundert Blicke eingefangen haben, ausgerechnet dort liegt heute ein dunkler Fleck. Unübersehbar, eine suspekte Fläche. Diffus begrenzt zwar, jedoch von tiefgrauer Substanz. Näherkommend flimmert Unruhe darin. Bewegungen, die sich auflösen, in noch kleinerer Flecken, in Details zwischen braun und schwarz. Im Zoom wird klar: Dort steht eine Schafherde im Schnee. Der Sucher findet ebenfalls zwei Hunde und den Schäfer. Ich schalte ab, um die Akkus zu schonen. Die Hunde kommen mir entgegen, lassen sich streicheln. Schließlich grüße ich einen Mann, beginnend grauhaarig, wie ich selbst.

Wir geben einander die Hand. Die Flecken haben sich verwandelt, in fransige Körper auf vier Beinen. Gesenkten Hauptes durchwühlen sie mit ihren Schnauzen den Schnee, einen zu fest gewordenen, bläulichen Schaum. Denkt man an Schafe oder an Schnee, dann denkt man so weiß wie ein ungeschützter Blick in die Sonne. Doch die Sonne steckt heute den ganzen Tag schon hinter dichten Wolken, während hier unten alles so nebulös und ruhig versinkt, sich bedeckt hält, in unterkühlt-erdigen Farben. Eine weiche Dämmerung. Wie von selbst, gedankenlos, verkürze ich die Brennweite; habe einige Mühe, alle Paarhufer mit dem Sucher einzufangen. Ich frage mich, wie viele es wohl sein mögen und der Schäfer lässt mich raten. Ich wähle eine kleinere Blende, tippe auf zweihundert oder zweihundertfünfzig Tiere und drücke irgendwann den Auslöser. Über vierhundert sind es, sagt er. Ich schaue in sein zerklüftetes Gesicht. Er erinnert mich an jemanden. Aber an wen? Wieder schalte ich die Kamera ab, denke an die Akku-Kapazität. Wenn ich nur wüsste.

Wenn man uns so nebeneinander sieht, sagt der Schäfer, glaubt wohl mancher, Sie wären ich. Er trägt eine dicke, leuchtend rote Jacke aus modernen Kunstfasern, ich einen alten Schweizer Militärmantel, dazu einen tarnfarbenen Jägerrucksack aus dem Armeeshop. Seine Hände ruhen in den Taschen. Meine umfassen immer noch die Kamera. Unbeirrbar ziehen die Hunde ihre Bahnen wie Gestirne. Man kann sie im Schnee verfolgen. Sie traben zu den Schafen, kommen bald in weitem Bogen zurück und lassen sich streicheln, blicken dabei treu zu uns auf. Wir stehen abseits. Der Schäfer erzählt. Ich streichle. Die Hunde drängen sich dicht an mich und in meinen Händen bleiben Haarbüschel zurück, als sie sich von mir lösen, um einen Ausreißer in die Herde zurückzudrängen.

Diese Rasse hat recht häufig Fellwechsel, und die Färbung variiert von weißlich bis dunkelbraun, sagt er. Ich nicke abwesend. Für meine Augen verändert die Herde langsam und doch beständig ihre Form, ihre Eigenschaften, wie durch ein Zeitlupenkaleidoskop betrachtet. Ich muss mich tief in den Schnee legen, um die richtige Perspektive zu erwischen. Ich sorge mich ums Licht. Der Himmel scheint mir Schuld am schmutzig-schemenhaften Outfit meiner Modelle. Dann der Moment, in dem ich bemerke, dass einer der Hunde auf seinen Runden immer wieder auf ein und dasselbe Schaf zugeht, es kennt, erkannt wird, und ihm in aller Ruhe die Schnauze ableckt. Ich gehe ganz dicht ran und mache eilig ein paar Schüsse, weil ich denke, der Augenblick müsste sogleich vorbei sein. Doch er dauert an, mehrere Serien lang. Und gleichmütig erzählt derweil der Schäfer. Er streut Worte über die Szene. Es ist mir ein Rätsel, woher ich den Klang seiner Stimme, seine gesamte Erscheinung kennen sollte.

Er sagt, dass Wolle eigentlich nicht mehr lohne, höchstens noch Fleisch, doch die Erträge interessierten ihn nicht. Er sieht keine Zahlen, sondern Schafe. Er will das hier so lange machen wie er kann, und wenn ein Mensch will, sagt er, kann er vieles, und das sehr lang. Ich fotografiere weiter die Vertrautheit zwischen Hund und Schaf. Das ist die Liese, sagt der Schäfer, der seine Tiere kennt. Nicht alle haben Namen, aber die wichtigen. Und eine besondere Beziehung mit einem Hund ist etwas Wichtiges. Jeder Hund hat in der Herde sein Lieblingsschaf. Das findet sich einfach. Das ist, wie wenn man von zwei Menschen sagt: Da stimmt die Chemie. Man kann so etwas nicht erklären.

Der Schäfer kennt Rätsel und Geheimnisse, Anzeichen für Krankheiten, Ereignisse, die ihre Schatten vorauswerfen. Er weiß von Mysterien, Zuständen und Mixturen des Lebens. Vielleicht haben alle Menschen dieses Wissen einst geteilt, doch wenn, so habe zumindest ich es vergessen, wohl, weil mein Alltag keinen Nutzen aus Wissen zieht, das sich in dieser Natur versteckt, die sich einst ein Gott überstreifen konnte wie ein Gewand. Der Schäfer schaut in die Wolken, und mir kommt es vor, als sei dieses Menschsein, das auch in mir war, verblasst, und hätte lediglich einen Abdruck zurückgelassen, etwas Digitales.

Er wird auch diese Nacht hier draußen verbringen, zunächst am Feuer. Er schläft im Auto, in einem Thermoschlafsack. Auf dem Anhänger liegt, aufgerollt, ein flexibler Plastikzaun, der die Herde bei Nacht schützt und zusammenhält. Ich hadere weiter mit der Dämmerung. Es scheint, als ob die Schafe in ihren ureigenen Schatten versinken, in den platonischen Ideen ihres Seins, umhüllt von schummrigem Dampf, der aus ihren Körpern steigt. Es sieht aus, als lösten sich diese genügsamen Tiere einfach in der Abendluft auf. Ich kann gar nicht oft genug den Auslöser betätigen und hoffe auf meine Speicherkarte und das wenige Licht. Es ist eigentlich zu dunkel, sage ich.

Wenn nachher der Mond rauskommt, antwortet der Schäfer, dann kann sich das alles umkehren. Irgendwann wird es aufreißen. Wir haben Vollmond. Da tauschen Tag und Nacht manchmal das Licht. Und dann kommen Dinge zum Vorschein, die verloren schienen, die dabei jedoch tatsächlich nur verdeckt waren, niemals wirklich weg. Er sagt das so, als sähe er schon den Mond über den Wolken. Der Hund hat derweil wieder eine Runde hinter sich und hält bei seinem Lieblingsschaf inne. Das Display meiner Kamera sagt, dass die Akku-Kapazität in Kürze erschöpft sein wird, und der Schäfer erzählt.

Kommt ein Hund zu einer anderen Herde, was durchaus passiert, dann wird er von seinem Lieblingsschaf getrennt. Beide verlieren sich aus den Augen. Doch wenn sie sich nach nur wenigen Jahren wieder begegnen, werden sie einander erkennen und zwischen ihnen wird alles so sein wie es war. Und selbst wenn sie einander fünf oder sechs Jahre nicht gesehen haben, so wird das Schaf den Hund dennoch wieder erkennen. Umgekehrt erkennt der Hund das Schaf allerdings schon nach zwei oder drei Jahren nicht mehr. Er vergisst einfach viel zu schnell. Meine Kamera schaltet sich selbstständig ab.

Spät am Abend, die Bilder sind längst eingelesen und die Akkus liegen in der Ladestation, da entdecke ich jenseits des Fensters einen kreisrunden Mond. Die Wolken sind fort. Er allein steht völlig unverdeckt und frei am Himmel, auffallend hell, wenn auch ein wenig fleckig. Ich beobachte ihn eine Weile. Er streut lange, grobschwarz verzerrte Umrisse von Häusern und Bäumen in die Nacht. Als ob ihr Anblick auf diese Weise bis Tagesanbruch in Erinnerung bliebe.

Alina Herbing

So sicher

Es gibt keine Störche mehr im Dorf, seit der Schornstein auf unserem Dach eingebrochen ist und meine Mutter im Flur beim Fegen erschlagen hat. Ob sie das weiß, weiß ich nicht. Sie sieht über die Wiesen, auf denen sich riesige Pfützen gebildet haben. Sogar der Wald ist überflutet, genau jetzt, wo sie da ist.

Ja, der Schnee ist gerade geschmolzen, sage ich. Im Sommer sieht es anders aus.

Trotzdem, sagt sie.

Ich beiße ein Stück Hornhaut von meiner Fingerkuppe ab und kaue darauf rum.

Gut, sagt sie.

Meine Zunge sucht nach dem Hautstück, aber es ist irgendwo in meinem Mund verloren gegangen. Vielleicht habe ich es auch runtergeschluckt, dann wird es jetzt in meinem Magen zerlegt, um neue Hornhaut an meinen Fingern zu bilden.

Sie lässt den linken Rucksackträger von ihrer Schulter gleiten, zieht den Rucksack unter ihrem Arm nach vorne. Ich höre den Reißverschluss, kurz darauf sehe ich eine Kamera in ihrer Hand. Der offene Rucksack gleitet an ihrem Bein runter ins Gras. Ich sehe die Wiese in klein auf dem Display ihrer Digitalkamera, aber Pfützen kann ich nicht erkennen. Der Zoom summt. Es klickt. Aus ihrem Rucksack gucken eine Packung Tabletten und ein Biotrinkjoghurt. Auf dem Biotrinkjoghurt schwimmt irgendwas Violettes, wahrscheinlich eine Himbeere. Meine Zähne ziehen ein Stück Haut an meinem Nagel entlang. Ich weiß, dass das jetzt zu viel ist, aber es ist auch zu spät. Der Hautfetzen wird mich so lange stören, bis ich ihn abgebissen habe. In dem Moment, in dem ich ihn abreiße, spüre ich den stechenden Schmerz. Ich hab ihn erwartet, trotzdem erschreckt er mich angenehm. Blut quillt aus der Stelle hervor.

Ich würd' dann auch wieder, sage ich und sehe zu, wie das Blut ganz langsam durch die Poren der Haut nach außen sickert. Ich schlucke den Hautfetzen runter und stecke mir die Fingerkuppe in den Mund. Mit meiner Zunge fahre ich über die schmerzende Stelle, so, dass sie noch mehr schmerzt.

Sie klickt.

In diesem Jahr ist es besonders, sage ich. Eigentlich überall.

Sie klickt.

Egal, wo man hingeht, sage ich.

Das Wasser im Wald sieht schwarz aus, fast wie Erde, nur viel zu weit oben. Als Kind habe ich mir immer vorgestellt, wie es wäre, wenn es genau dann frieren würde. Wir hätten im Wald Schlittschuhlaufen können. Das ist aber nie passiert. Oder wir haben uns nicht getraut.

Sie geht in die Knie und wühlt in ihrem Rucksack. Ihre roten Haare fallen vor ihrem Gesicht zu einem Vorhang zusammen. Ich nehme meinen Finger aus dem Mund. Er blutet nicht mehr, sieht aber rot und zerbissen aus. Ich erinnere mich an einen Artikel in irgendeiner Zeitschrift, in dem es darum ging, dass die Hände für die meisten Menschen das wichtigste äußere Kriterium bei der Partnerwahl sind. Jetzt ist es sowieso zu spät. Ich stecke meine Hände in die Jackentasche. Können wir vielleicht doch noch ganz kurz, sagt sie.

Der Reißverschluss ratscht zu, ihre Haare fliegen zurück. Ich bin froh, dass sie nicht mehr die Wiesen ansieht.

Ich mache ein paar Schritte Richtung Haus, bleibe wieder stehen. Sie fummelt immer noch an ihrem Rucksack herum. Ihre Schuhe haben dunkle Flecken vom nassen Gras. Es sind nur Stoffschuhe, das hätte ich nie gedacht. Jetzt hat sie wahrscheinlich nasse Füße, und ich habe Stiefel an. Die sind zwar schon ziemlich alt und haben Risse in der schwarzen Haut, aber durch die kommt nichts durch, das hab ich heute früh gerade wieder gemerkt, als ich durch diese Pfütze gegangen bin, vor dem Hühnerstall. Meine Füße sind trocken und warm. Ich sehe immer noch auf ihre Schuhe. Das ist zu lange. Sie ist fertig mit ihrem Rucksack und guckt mich an, wahrscheinlich. Wahrscheinlich schon lange. Sie lächelt, aber es kommt mir irgendwie professionell vor.

Na dann, sage ich und gehe lieber weiter.

Ich höre ihre Schritte hinter mir im Gras und denke an ihre Füße, die bestimmt rot und feucht in ihren nassen Socken kleben. Ich weiß nicht, was ich noch tun könnte, um zu verhindern, dass sie gleich mit rein kommt. Es ist weniger schlimm, wenn ich an ihre Füße denke.

Ich trete meine Stiefel besonders lange auf der Fußmatte ab, gehe dann rein und höre, dass sie ihre Schuhe auch über die Matte zieht.

Natürlich kriegt sie die Tür nicht gleich zu, aber ich tue so, als würde ich nichts merken. Ich ziehe meine Jacke aus und gucke in den Spiegel. Das Licht ist schlecht, aber ich sehe besser aus dadurch. Sie müssen sie ein bisschen anheben, sage ich. Und kräftig drücken. Ich höre das entscheidende Geräusch. Als sie sich umdreht, fange ich an, meine Stiefel auszuziehen.

Schön warm hier, sagt sie und stellt ihren Rucksack in die Ecke neben der Tür. Das Licht ist so schummrig im Flur, weil es kein Fenster gibt und die Lampe so verstaubt ist, dass kaum noch Licht durch das bunte Glas kommt. Das fällt mir immer nur auf, wenn hier Besuch ist. Dann nehme ich mir vor, die Lampe zu putzen oder eine andere aufzuhängen, in diesem Moment im Flur, vielleicht auch noch bei der Verabschiedung, weil es doch sehr düster ist und sowieso höchste Zeit. Bisher habe ich es aber immer ziemlich schnell wieder vergessen.

Sie kniet vor mir und fummelt ihre Schnürsenkel auf. Der Flur ist zu eng, glaube ich. Ihre Hände passen nicht in das Haus. Ich frage mich, wie es sein wird, wenn sie wieder weg ist. Wahrscheinlich glaube ich gar nicht mehr, dass sie da war. Das glaube ich ja jetzt schon nicht.

Ich öffne die Tür zur Küche und lasse das Licht endlich rein, durch die großen Küchenfenster flutet es bis in den Flur. Warum ich das nicht schon eher gemacht habe, weiß ich jetzt auch nicht. Ich gehe zum Schrank, sehe die Kaffeebecher, von denen nie mehr als zwei verwendet werden, bevor ich wieder abwasche. Einen Moment überlege ich, ihr etwas anzubieten. Ich ziehe sogar die Schublade mit dem Besteck einen Spalt weit auf, sehe die kleinen Löffel, die ganz vorne liegen, und das überquellende Fach mit den Gabeln, schiebe die Schublade aber wieder zu, so dass es klappert, was sie hoffentlich nicht hört. Ohne Jacke, mit so einem grünen Outdoorpullover steht sie in der Tür. Da lang, sage ich und nicke zum Badezimmer. Hinter meinem Rücken hält meine Hand immer noch den Schubladenknauf fest. Erst als sie an mir vorbei über den Küchenfußboden läuft, sehe ich, dass auch ihre Socken dunkle Flecken haben. Sogar ein paar dunkelblaue Punkte sind dabei. Die Badezimmertür schließt ohne Probleme. Ich lausche dem Schlüsselumdrehgeräusch, dann gehe ich in die Hocke, da, wo sie eben langgelaufen ist, und befühle den Boden. Er ist aus Stein, sowieso ziemlich kalt. Ich lege meine Hände auf die verschiedensten Stellen, kann aber nicht genau fühlen, ob es irgendwo feucht ist. Immer wenn ich denke, dass ich gerade so eine Stelle gefunden habe, bin ich mir doch nicht mehr ganz sicher, ob das Nässe oder nur Kälte ist. Als ich die Klospülung höre, stehe ich vorsichtig auf. Ich gehe rüber zum Fenster und zupfe eine Spinnwebe aus dem Kaktus. Durch die kahlen Büsche kann man auf die überschwemmten Wiesen gucken, aber beim Holunderbusch kommen schon die ersten Blätter raus. Der Badezimmerschlüssel klickt wieder. Der Kaktus sticht mich in den Finger. Ich höre die Tür, ziehe meine Hand weg. Der Schmerz zieht von meiner Fingerkuppe in die ganze Hand. Gut, danke, sagt sie.

Ich drehe mich um. Und Sie entscheiden das jetzt, frage ich.

Das Grün passt so gut zu ihren roten Haaren, dass ich ihr den Pullover am liebsten ausziehen würde.

Nicht alleine, sagt sie. Also eigentlich gar nicht.

Der Schmerz verteilt sich in meiner ganzen Hand, wird dafür aber weniger in dem Finger, in dem jetzt eigentlich dieser Stachel stecken müsste.

Ich gebe nur einen Bericht ab und eine Empfehlung, sagt sie.

Also doch, sage ich.

Schon, sagt sie.

Outdoorpullover waren mir schon immer merkwürdig fremd, aber sie sehen so flauschig aus, dass sie eine merkwürdige Anziehungskraft auf mich ausüben. Schon als Kind habe ich Menschen mit Outdoorpullovern bewundert. Wachsjacken fand ich ungefähr genauso spannend, nur dass sie nicht so kuschelig sind und ich damals nie wusste, wie die eigentlich heißen und was an ihnen so toll sein sollte. Meine Mutter hatte immer so eine Achtung vor diesen Leuten, und ich war mir sicher, dass es an den Jacken lag. Jetzt bin ich mir nicht mehr so sicher, auch in anderen Dingen nicht.

Wir kennen uns erst seit ein paar Stunden.

Danke, sagt sie.

Ich hab ja nichts, sage ich und warte, dass sie geht.

Richtung Flur müsste sie jetzt gehen, aber sie bleibt stehen, vor der Badezimmertür, auf der anderen Seite des Tisches. Auf der Tischplatte sind noch Krümel von dem Brot, das ich zum Frühstück gegessen habe. Zum Glück habe ich das Brett weggeräumt. Es liegt im Spülbecken, sie kann es nicht sehen. Ich stehe immer noch am Fenster. Vielleicht ist das ein Zeichen dafür, dass sie bleiben soll. Vielleicht sollte ich in den Flur gehen. Vielleicht würde sie mir dann folgen.

Sie guckt mich nicht mehr an. Sie guckt aus dem Fenster. Darum kann ich sie angucken. Über ihr hängt die Uhr. Wenn sie ihren Kopf in meine Richtung dreht, kann ich ganz schnell zur Uhr gucken und sie merkt nicht, dass ich sie angeguckt habe. Sie wird enttäuscht sein, weil sie es erwartet hat. Hoffentlich denkt sie dann, dass ich keine Zeit habe und geht.

Ja, es ist wirklich schön hier, sagt sie.

Mmmh, sage ich so leise, dass sie es sicherlich nicht gehört hat. Vielleicht habe ich es auch nur gedacht. Sie hat einen Leberfleck unter dem Auge, der genau die gleiche Farbe hat wie ihre Haare, irgendwie rötlich, aber sie hat ja auch Sommersprossen. Ich frage mich, ob es eine Sommersprosse ist oder wirklich ein Leberfleck, und wo überhaupt der Unterschied ist.

Also überlegen Sie es sich, sagt sie und guckt mich so plötzlich an, dass ich das mit der Uhr nicht schaffe, dafür aber zu den Krümeln auf dem Tisch gucke. Sie steckt ihre Hände in die Taschen von der Jeans, die so eng ist, dass man da eigentlich nichts mehr reinstecken kann.

Und dann geht sie zum Flur, und ich sehe immer noch die Krümel an. Erst als sie schon nicht mehr in der Küche ist, gehe ich hinterher, so schnell ich kann. Ich ärgere mich über die Krümel, weil ich so wahrscheinlich die Flecken auf ihren Socken nicht mehr sehen werde. Im Flur mache ich die Lampe wieder an, aber man merkt nichts davon. Ich stehe in der Tür und halte das Licht auf.

Es ist so dunkel hier, sage ich.

Geht schon, sagt sie.

Sie kniet vor mir. Ihr Rücken ist gebogen, ihr Pullover grün und flauschig. Ich strecke meine Hand danach aus, komme aber nicht ran. Ich könnte mich runterbeugen und über ihren Rücken streichen, aber meine Finger sind so zerfurcht, dass ich zögere.

So, sagt sie und springt auf.

Ich ziehe meine Hand weg, lege sie auf den Türrahmen, als würde ich da schon die ganze Zeit lehnen. Sie greift an mir vorbei nach ihrer Jacke. Ich suche an meinen Fingern die Stelle, die vorhin noch geblutet hat, aber ich finde sie nicht mehr, weil neben fast jedem Nagel solche Risse sind. Ihre Jacke macht Geräusche beim Anziehen. Ich weiß genau, was sie tut, auch wenn ich sie nicht sehe.

Der Storch unter der Decke

Ich gehöre zu den Glücklichen im Heim. Meine Mutter ist nicht tot oder vermisst. Sie lebt. Sie hat nur etwas Schlimmes getan. Deswegen darf sie nicht mit mir zusammen sein. Es ist ihre Strafe, nicht meine.

Das Fensterbrett ist ein Ort der Wünsche. Es ist nicht erlaubt, dort herumzulungern oder sich gar draufzusetzen. Wenn man mit der Hand über die abblätternde Farbe fährt, hat man ganz schnell Splitter unter der Haut. Am Fensterbrett bleibt man stehen, wenn keiner von den Erziehern in der Nähe ist. Ansonsten kann man sagen, man habe nach Regen oder Schnee Ausschau gehalten. Obwohl jeder weiß, dass jemand, der am Fenster steht, sich nicht fürs Wetter interessiert. Sagen kann man das ja trotzdem. Die Erzieher schimpfen dann ein bisschen. Weil man sich eine Erkältung holen könnte, denn es zieht durch die Ritzen. Man spürt es als kalten Windhauch, wenn man die Finger drunter hält. Ich mache das manchmal, aber erkältet habe ich mich davon noch nie. Meine Augen achten nicht auf die Finger, sie schauen durch das Glas. Ich habe noch nie jemanden gesehen, der hierher kam, um sein Kind abzuholen.

Und doch muss es ab und zu passieren. Gelegentlich. Selten. So selten, dass es einem gar nicht auffällt. Vielleicht kommen sie im Dunkeln oder es gibt einen geheimen Eingang. Dann nützt das Fensterbrett natürlich nichts.

Ich weiß, dass meine Mutter nicht kommen wird. Das zu wissen, ist besser als zu warten. Noch besser wäre es, das nicht zu wissen, sondern nur zu glauben. Oder noch besser: zu vermuten. Ich vermute, sie wird nicht kommen. Sollte sie eines

Tages doch kommen (sie ist ja nicht tot, sie lebt, und es ist mir sogar bekannt, wo, nämlich: im Gefängnis), würde ich sie fragen, warum sie nicht früher an ihr Kind gedacht hat, damals, als sie gegen Gesetze verstieß. Ich denke nicht, dass meine Mutter das mit böser Absicht getan hat. Ich denke, meine Mutter ist vielleicht keine sehr vernünftige Frau. Jedenfalls nicht so vernünftig wie ich. Wenn ich am Fensterbrett stehe, denke ich nicht: warum hast du mich verlassen. Ich fühle mich ja gar nicht verlassen. Vielleicht eher gerettet. Ja, eigentlich fühle ich mich gerettet. Du kommst zu spät, Mutter. Diesen Satz habe ich für sie vorbereitet. Falls sie eines Tages doch kommt. Seit ich hier bin, kann ich nachts schlecht einschlafen. Es muss am Winter liegen. Die Heizung funktioniert oft nicht. Ich habe die Kinderheime, die ich bereits von innen gesehen habe, an den Fingern abgezählt und festgestellt, dass dies mein siebtes ist. Ich kann nicht sagen, wo es besser oder schlechter war, die früheren Orte und Umgebungen, Namen und Gesichter haben sich wie in einem schlecht sortierten Fotoalbum vermischt, so dass ich sie nicht mehr zuzuordnen vermag.

Die Decke endet nachts an meinen Ohren, mit jedem Atemzug hebt sich ein Zipfel und kitzelt mich am Ohrläppchen. Die Berührung wird von einem Knistern des steifen Bettbezugs begleitet, das sich direkt neben dem Gehörgang überlaut anhört. Ich ziehe meine kalten Füße ganz nah an den Körper heran, stecke einen davon in die Kniekehle des anderen Beins und warte. Ich brüte meinen Fuß aus. Er ist fertig, wenn ich das Blut wieder durch ihn fließen spüre. Dann wechsle ich. Anderer Fuß, andere Kniekehle. Von oben betrachtet sehe ich unter der Decke wie ein Storch auf einem Bein aus. Daran denke ich, wenn ich wach liege und mein Herz schlagen höre. Es pocht so laut und schnell, dass ich eine Hand draufdrücken muss, um es zu beruhigen. Beides wird warm, die Handfläche und die Stelle darunter, aber das hilft nicht. Jeder sucht seinen Platz im Leben, sagt Maria Stepanowna. Hier finden Kinder wie wir Hilfe. Hier werden wir zu guten Sowjetbürgern erzogen, weil unsere Eltern uns kein Vorbild sein konnten. Die Kinder von guten Müttern müssen nicht in Heimen leben, sagt Maria Stepanowna.

Neben mir wimmert die kleine Rusudan im Schlaf. Wer weiß, wovon sie träumt. Vielleicht von ihrem sonnigen Georgien, das nur noch in ihren Träumen vorkommt. Sie kennt die Namen der Früchte aus ihrem Garten. Aprikosen, Mandarinen, Renekloden, Mirabellen. Sie malt sie für uns auf ein Blatt Papier. Holprige Kreise mit einem Stiel dran. Es könnten auch Äpfel sein. Sind das Äpfel?, frage ich. Rusudan wird dann wütend. Sie ist klein und drahtig und kann sehr schnell wütend werden. Ihre Augenbrauen rücken wie zwei schwarzbuschige Raupen zusammen, die Augen werden schmal und laufen voll mit Zorn, sie ballt ihre Fäustchen und würde zuschlagen, wenn zwei ältere Mädchen ihr nicht rechtzeitig die Hände hinter dem Rücken verschränkten. Rusudan windet sich nach rechts und links und versucht, eine der beiden zu beißen. Ihre Zähne sind weiß und kräftig, wegen der guten Vitaminversorgungslage in Georgien. Die Mädchen pressen Rusudans Gesicht auf den Boden und drücken ihr von oben je ein Knie zwischen die Schulterblätter, bis Rusudan ganz ruhig ist. Sie weint lautlos, Wasser läuft ihr über die Wangen, im Sommer und im Winter fließt ihr grüner Rotz aus der Nase, der sich jetzt mit den Tränen vermischt, die keine sind. Sie sagt, ihr bekomme das Klima nicht, es reize die Augen. Also: Rusudan hat chronisch gereizte Augen, des Klimas wegen. Man lässt sie los, sie schnieft, fährt sich mit der Hand unter der Nase lang, zerknüllt mit derselben Hand das Papier, auf dem glänzende Schleimspuren zurückbleiben.

Niemand von uns war in Georgien und weiß, was dort für Früchte wachsen. Deshalb glauben wir Rusudan irgendwann, dass sie keine Äpfel malt. Damit sie glücklich ist.

Die Erzieherinnen haben ein Album mit den Höhepunkten des Jahres angefertigt. Gewissenhaft folgt ein Monat dem anderen, jedes Bild ist mit Anmerkungen versehen. Unter einem Gruppenfoto steht in Maria Stepanownas Handschrift geschrieben: »Die Kinder lauschen Geschichten über Wladimir Iljitsch Lenin«. Kaum erkenne ich mein Gesicht wieder. Wir stehen draußen, wie zum Appell. Wahrscheinlich schon lange. Ich habe einen zwei Zentimeter langen Hals. Mein Kopf sitzt direkt auf den Schultern, als hätte ich ihn eingezogen wie eine Schildkröte. Ein Stehkragen verstärkt diesen Eindruck noch. Vor unserer Gruppe stützt sich ein Mann mit weißem Rauschebart, der ein wenig wie Väterchen Frost aussieht, nur dass er weder Rute noch Geschenke dabei hat, auf einen Gehstock; er erzählt uns von seiner Begegnung mit Lenin und von der Liebe des großen Revolutionsführers zu den Kindern der Werktätigen. Danach müssen wir einen Aufsatz über unsere Eindrücke schreiben. Sehr geehrter Genosse Lenin, schreibe ich. Wie du weißt, hast du am 22. April Geburtstag. Schon Wochen vorher fangen wir an, für dich zu basteln. Wir malen, sticken, häkeln, gestalten eine Wandzeitung. Weil du schon tot bist, werden wir dir unsere Geschenke leider nicht überreichen können. Aber wir haben einen Tisch eingerichtet, auf dem jeder sein Präsent ausstellen kann. Unsere Lenin-Ecke. Ich habe in ein Holzbrettchen dein berühmtes Zitat »Lernen, lernen und nochmals lernen!« eingebrannt. Genau das werde ich tun. Lernen, meine ich, und fleißig sein!

Was mit unseren Geschenken passiert, nachdem Lenins Geburtstag vorbei ist, erfahre ich nicht. Er kann sie ja nicht gebrauchen. Mein Holzbrettchen hätte der Köchin als Untersetzer für heiße Töpfe dienen können. Doch Maria Stepanowna lässt mich nicht ausreden. Wenn sie mich auf diese Art anschaut, bin ich sofort still.

Wir können nähen, kochen, backen, Theaterstücke aufführen oder im Chor singen. Ich singe nicht. Dabei habe ich es versucht. Nach der dritten Probe nahm mich die AG-Leiterin zur Seite. Kotschur, es hat keinen Zweck, sagte sie, dein Stimmchen ist dünn, du triffst keinen Ton. Geh lieber stricken.

Ich habe einen Schal angefangen, aber bevor er zur Hälfte fertig war, ging die Wolle aus. Die Leiterin der AG Handarbeit schlug vor, ihn schmaler und kürzer zu machen, damit er wie ein Kragen um den Hals passt, und ihn mit einem Knopf zu schließen statt zuzubinden. Damit schmücke ich nun bei besonderen Anlässen mein Kleid; es ändert jedoch nichts daran, dass ein Kragen weniger wärmt als ein Schal.

Das Kinderheim abonniert Zeitungen und Zeitschriften. Im Klubraum, der gleichzeitig Bibliothek und Lesesaal ist, stehen zur Auswahl: Lenins Weg, Der Krasnojarsker Arbeiter, Familie und Schule, und natürlich die Pionerskaja Prawda. Ich weiß nicht, wer diese Zeitungen liest, sie sehen unberührt aus. Die älteren Ausgaben werden heimlich zu Toilettenpapier zerschnitten. Bevor ich die Schnipsel benutze, schaue ich mir die zerteilten Überschriften an. Die Druckerschwärze färbt auf der Haut ab. Ich habe spiegelverkehrte Buchstaben auf den Fingern.

Unsere Katze hat drei Junge bekommen. Sie sind blind, die Augen verklebt, das Fell feucht. Sie liegen bei ihrer Mutter, stupsen ihre Nasen in deren Bauch. Sie ist stundenlang damit beschäftigt, sie abzulecken. Eines habe ich Stepan getauft, nach Maria Stepanowna. Es ist schwarz mit einem weißen Lätzchen. Solange es noch so klein ist, rufe ich es Stjopa. Ich weiß nicht, ob es wirklich ein Junge ist, Maria Stepanowna konnte das nicht erkennen. Ich laufe oft hin, um nach den Kätzchen zu sehen. Bald ist klar, dass mit Stjopa etwas nicht stimmt, er macht einen schwächlichen Eindruck, lässt sich von seinen Geschwistern zur Seite drängen. Nach wenigen Tagen, noch bevor er richtig die Augen geöffnet hat, finde ich ihn tot im Körbchen. Er sieht völlig unversehrt aus. Als würde er schlafen. Nur sein Bauch wirkt aufgedunsen, die noch mit Babyflaum bedeckte Haut spannt und ist von blauen Äderchen durchzogen.

Ein paar Tage bin ich traurig. Ich schichte auf Stjopas Grab einen Steinhaufen. Ein Holzkreuz scheint mir nicht von Dauer.

Die Steine trage ich von überallher zusammen. Weil ich besonders große und schöne suche, dauert das seine Zeit. Die anderen Kätzchen interessieren mich nicht. Sie sind kein Ersatz für Stjopa. Sie werden schnell groß, fangen an zu streunen und kämpfen nachts lautstark um ihr Revier. Morgens kommen sie mit zerfetzten Ohren und blutenden Pfoten in die Küche und betteln um Futter bei der Köchin.

Rusudan und Klawdija streiten sich um das schneeweiße Kaninchen. Es ist das jüngste im Stall, alle wollen es streicheln. Rusudan wird wütend, weil Klawdija das Kaninchen nicht hergeben mag. Sie zerrt an dem Tier, bis es in Panik schrille Schreie auszustoßen beginnt, die einem im Kopf wehtun. Klawdija lässt los. Rusudan schmiegt ihr Gesichtchen an das weiße Fellknäuel. Ich finde nichts an Kaninchen. Das sind dumme Tiere, mit denen man nicht spielen kann.

Als nächstes folgt im Album ein Foto vom Neujahrsfest. Wir posieren in unseren selbstgeschneiderten Kostümen neben der mit Lametta geschmückten Tanne und einer Schale mit Orangen. Die drei Orangen werden später geschält und sorgfältig in Spalten geteilt. Diese werden nochmals in Hälften geschnitten, damit jeder etwas abbekommt. Der auf dem Teller verbliebene Saft darf abgeleckt werden. Rusudan behauptet, die Orangen kämen aus Georgien, genauso hätten sie bei ihr zu Hause geschmeckt. Jedes Kind erhält von Hausmeister Petja, der sich als Väterchen Frost verkleidet hat, ein Tütchen aus Zeitungspapier, in dem eine Handvoll kissenförmiger Bonbons mit Marmeladenfüllung zusammenkleben. Außerdem werde ich mit einem Lineal als Preis für mein Kostüm bedacht. Ich trage eine weiße Halbschürze über der normalen Kleidung, dazu eine rote Mütze mit Häkelrand, womit ich unzweifelhaft als Rotkäppchen zu erkennen bin. Rusudan stellt ein Schneeflöckchen dar, verkleidet in einen Tüllumhang mit festgenähten Wattestücken. Wir halten uns an den Händen und bilden einen Kreis. Pawliks Kopf krönt ein Papierband mit aufgeklebten Hasenohren, die so dick mit Farbe bestrichen sind, dass sie unter dem Gewicht ständig umknicken und ihm die Sicht verdecken. Er versucht, sie hochzupusten. Dazu stülpt er die Unterlippe vor und bläst die Luft nach oben. Das macht ihn hässlich. Die Hasenohren schwingen wie Palmenwedel bei frischer Brise; kehrt Windstille ein, bleiben sie genau über seinen Augen hängen. Palmen habe ich auf Schwarz-Weiß-Fotos im Buch »Rund um die Welt« gesehen. Was soll das für ein Kostüm sein, etwa »trauriges Kaninchen«?, stichelt Klawdija, absichtlich laut, damit Pawlik es hört. Rusudan kichert. So schnell sie wütend wird, so leicht ist sie zu erheitern. Wie ein Baby.

Am 8. März bekommen die Mädchen Geschenke von den Jungs. Glückwunschkarten, klebrige Süßigkeiten unter dem Kopfkissen (die gleiche Sorte zu jedem Anlass) oder hingekritzelte Vierzeiler, die Gedichte sein wollen. Am Frauentag tragen die Jungs ein dämliches Grinsen im Gesicht.

Ein Bund roter Nelken, die Blumen der Arbeiterbewegung, wird im Morgengrauen von einem Fahrer geliefert und ist für das weibliche Personal bestimmt (unsere Erzieherinnen, die Pionierleiterin, die Köchin, die Putzfrau, die Krankenschwester, ganz genau durchgezählt sind die Stängel, keiner bleibt übrig). Maria Stepanowna staunt: hier habe es um diese Jahreszeit noch nie frische Blumen gegeben! Und dann gleich Nelken; auf Glückwunschkarten zum Frauentag seien immer nur Tulpen abgebildet, selbst die kämen erst im April. Sie habe die Pionierleiterin im Verdacht, die Aufmerksamkeit eines der Natschalniks aus der Stadt erregt zu haben. Das käme davon, wenn man junge, unerfahrene Dinger in kurzen Röcken hierher schicke. Klawdija, Rusudan und mir wachsen Ohren am Hinterkopf. Klawdija sagt mit wissender Miene, es würde sie nicht wundern, wenn unsere Anna Michailowna bald nicht mehr den Bus nehmen müsste, sondern in einem großen Auto vorgefahren kommen würde. Die Frauen stellen den Strauß aus einem fernen Gewächshaus auf das Fensterbrett, damit ihn alle bewundern können, innen Nelken rot wie Blut, draußen frisch gefallener Schnee weiß wie … sehr weiß eben. Rusudan ist überzeugt, dass die Nelken mit einem Flugzeug aus Georgien gekommen sind. Ja-ja, sagen wir, in Georgien pflücken weiße Kaninchen das Brot von den Bäumen. Rusudan guckt erst wie ein Schaf, dann setzen sich ihre Augenbrauen in Bewegung.

Ich weiß nicht, wie meine Mutter heute aussieht, ich kenne sie kaum. Ich kenne weder meine Großmütter noch die Großväter, keine Tanten, keine Onkel. Niemanden kann ich nach Geschichten aus meiner Kindheit fragen. Wer war dabei beim ersten Schritt, beim ersten Wort?

Die Welt und meine Mutter sind mir etwas schuldig. Manchmal denke ich, sie werden ihre Schuld nie begleichen können, weil sie so groß ist. Vielleicht rutschen auch meine Augenbrauen zusammen, wenn ich das denke. Du kommst zu spät, Mutter. Das ist ein guter Satz. Ein sehr guter Satz. Irgendwann werde ich ihn sagen können. Er wird nicht helfen, aber das ist mir egal.

Sarah Iwanowski

Missa

»Geh weiter«, sagt Piero, »lass sie liegen.« Wenige Meter vor uns kauert ein kleines Fellbündel am Straßenrand. Piero ruft meinen Namen, während ich darauf zulaufe, ruft: »Lass sie liegen, das bringt doch nichts.«

Die Katze ist so klein, dass sie selbst in meiner Hand winzig wirkt. Das Fell bedeckt nur einige Stellen ihres Körpers, als wäre es gerade erst gewachsen, die Augen sind verklebt. Sie zittert. Mit ausgestreckter Hand gehe ich zu Piero zurück.

»Jetzt ist es zu spät«, sagt er, »jetzt wirst du sie nicht mehr los.« Er will der Katze einen Platz suchen, wo sie in Ruhe sterben kann, ich hocke mich an eine Hauswand. »Sieh sie dir an«, sagt er und tippt mit dem Zeigefinger gegen den kleinen Körper, »sie ist doch höchstens ein paar Tage alt.«

»Genau«, sage ich und schiebe seine Hand beiseite. Mein Daumen wirkt wie der eines Riesen auf dem Kopf des Tieres.

»Was willst du machen? Sie etwa mit einer Flasche aufziehen?« Ich nicke und erhebe mich wieder.

»Und wo soll sie bleiben?« Piero hat Schwierigkeiten, mit mir Schritt zu halten, er ist noch immer betrunken.

»Wie wäre es, wenn du sie nimmst«, sage ich.

»Ich?« Er fasst sich an den Kopf und lacht. »Ich habe doch noch nicht mal eine eigene Wohnung. Patricio und Giselle würden mich rausschmeißen.«

»Dann bleibt sie bei mir.«

»Du kannst sie nicht mitnehmen.«

Ich sehe Piero an. Er weiß, dass sich die Frau des Polizisten in meinem Zimmer umschaut, sobald ich das Haus verlasse. Er hat mir das Zimmer bei der Familie besorgt. »Es sind nur noch vier Tage«, sage ich und bitte ihn, mir seinen Pullover zu geben. »Dann bin ich sowieso weg.«

Piero zieht seinen Pullover tatsächlich aus und wirft ihn auf meine Schulter. »Und was machst du, wenn du abreist«, fragt er, »wirst du sie dann irgendwo aussetzen?«

Vorsichtig wickle ich die Katze in den Stoff, nur der Kopf schaut noch daraus hervor. Allmählich wird es heller. Als wir Alt-Havanna erreichen, ist die Tageshitze schon fast zurück.

Vor meiner Haustür hat sich die Katze noch immer nicht gerührt, liegt wie tot in meinem Arm. »Sie muss zu einem Tierarzt«, sage ich und drehe mich zu Piero um. »Ohne dich brauche ich da gar nicht erst anzurufen.«

Piero klopft seine Hosentaschen nach Zigaretten ab, während ich versuche, die Tür mit nur einer Hand aufzuschließen. Ich will die Katze nicht auf die Steine legen. Schließlich zieht Piero den Türknauf heran, und ich drehe den Schlüssel um. »Komm später vorbei«, sagt er, »und vergiss den Pullover nicht.« Dann geht er.

Möglichst geräuschlos durchquere ich das Wohnzimmer. Es ist schon passiert, dass die Frau des Polizisten nachts auf mich gewartet hat, um sicherzugehen, dass ich ohne Piero komme. Aber heute ist es ruhig.

In meinem Zimmer riecht es abgestanden. Statt eines Fensters gibt es auf dem Kleiderschrank nur einen elektrischen Ventilator, den ich abschalten soll, wenn ich gehe.

Das Bett ächzt, als ich mich darauf setze und die Katze in meinen Schoß lege. Ich fasse mit dem Zeigefinger unter ihr Kinn und hebe es an; trotz der verklebten Augen scheint sie mich anzublicken. Mit der anderen Hand greife ich nach der Wasserflasche neben meinem Bett und schütte etwas davon in meine Hand. In kleinen Kreisen befeuchte ich ihren Mund, später werde ich den Tierarzt nach einer Pipette fragen müssen. Fast unmerklich bewegt die Katze ihren Kopf, öffnet ihren

Mund, nur meine Fingerspitze findet darin Platz, und leckt. »Wir kriegen das hin«, sage ich, »du wirst sehen, wir kriegen das hin.«

Aus Pieros Pullover forme ich ein Nest und lege die Katze hinein. Es ist ungewöhnlich ruhig, als ich im Dunkeln neben ihr liege. Der Ventilator bleibt ausgeschaltet, und mir kommt es vor, als atmete ich immer wieder dieselbe Luft ein. Ich schlafe kaum. Mit zusammengekniffenen Augen warte ich darauf, dass die Hitze vorübergeht und mit ihr ein weiterer Tag bis zu meiner Abreise. Vorsichtig taste ich nach der Katze. Ihr Körper hebt und senkt sich regelmäßig.

Nach einer Weile höre ich die Frauen auf dem Flur streiten. Ich stehe auf. Die Mutter des Polizisten treffe ich in der Küche. »Du bist schon wach?«, fragt sie. Ich nicke und lächle; für das, was ich von ihr will, brauche ich mindestens ein Lächeln. Ich erkläre ihr, was in meinem Zimmer auf dem Bett liegt und glücklicherweise noch immer atmet. Sie sagt nichts.

»Es ist nur für die letzten Tage«, sage ich, »wenn ich fahre, bringe ich sie woanders hin.«

Sie sieht mich an und reicht mir eine Tasse Kaffee. »Ich hol dir einen Karton«, sagt sie, nachdem sie mir eine Weile beim Nippen zugesehen hat, »da kannst du sie reinlegen.«

Im Karton, dessen Aufschrift ich nicht deuten kann, wirkt die Katze noch kleiner. Ich bilde mir ein, dass sie nur weiteratmet, wenn ich sie ansehe. Nach ein paar Minuten tränen mir die Augen und ich decke sie zu. Plötzlich fliegt die Tür auf, im Rahmen steht der kleine Junge des Polizisten.

»Ich hab' gehört, du hast eine Katze mitgebracht«, sagt er und hockt sich neben mich. »Wo denn?«

Ich falte Pieros Pullover auseinander. Als ich ihn nach ein paar Sekunden wieder über ihr zusammenlege, sagt er: »Ich dachte immer, kleine Katzen sind süß. Aber die hier ist so hässlich wie Jesus, der dreibeinige Hund von meinem Onkel.« Er fragt, ob ich schon einen Namen für sie hätte. Als ich nicht antworte, steht er auf und sagt: »Nenn sie doch Missa, so heißen hier alle Katzen, die keinen Namen haben.«

Missa liegt, in den Pullover gewickelt, in meiner Umhängetasche. Der Reißverschluss ist ein Stück offen, ich bin mir trotzdem nicht sicher, ob sie genügend Luft bekommt. Auf der Straße bewege ich mich so, dass die Menschen weder mich noch die Tasche berühren. Es ist elf Uhr. Schweiß bildet schon jetzt einen schmierigen Film auf meiner Haut, ich kann nicht sagen, wann ich das letzte Mal um diese Zeit unterwegs gewesen bin. Seit ich Piero kenne, gehe ich nur noch nachts raus. Ich laufe durch die Straßen und sehe nichts, höre auch nichts. Bald bin ich wieder weg.

Piero öffnet nicht, als ich klingle. Ich trete auf die Straße zurück und schreie seinen Namen in Richtung seines geöffneten Fensters. Um mich herum blickt niemand auf, nur weiter hinten pfeifen ein paar Männer. Nach der vierten Wiederholung erscheint Pieros Gesicht im Fenster. Als er mich erkennt, verschwindet er wieder. Kurz darauf summt der Türöffner.

Die Wohnungstür ist nur angelehnt. Bei Tag wirkt das Zimmer noch kahler. Die Wände sind weiß gestrichen, in der Mitte stehen der Tisch und der Stuhl. Ich setze mich, nehme Missa aus der Tasche, lege sie mit dem Pullover auf meinen Schoß und warte. Meine Hand halte ich dicht über ihren Körper. Sie atmet. Auf dem Tisch stehen zwei volle Aschenbecher vom Vorabend, ein Schälchen mit Gras, eine halbleere Flasche Rum. Zwei Limettenhälften liegen auf der Platte, als hätte sie dort jemand angeklebt.

Ich überlege, ob ich einen Schluck trinken soll, lasse es dann aber sein. Ich habe eine Aufgabe. Piero kommt in weißen Leinenhosen, weißem Hemd und mit verquollenen Augen aus dem Badezimmer. »Weißt du, wie spät es ist?«, fragt er.

»Ja«, sage ich, »wir wollen zum Tierarzt.«

Er geht in die Küche und holt zwei Tassen Kaffee. »Sie lebt also immer noch.«

Ich setze Missa zwischen die Limetten auf den Tisch, ihr Kopf fällt auf die Pfoten. »Schon gut«, sagt Piero, »ich hol' das Telefonbuch.«

Bei der dritten Nummer hat er Glück, wir dürfen sofort vorbeikommen. »Sie hat gelacht und gefragt, ob ich nichts Besseres zu tun habe«, sagt er, nachdem er aufgelegt hat. »Nein«, antworte ich, »hast du nicht.«

Nachdem ich am Eingang der Tierarztpraxis zwanzig Dollar bezahlt habe, gehen wir mit der Schwester an mehreren Hundezwingern vorbei. Im Behandlungszimmer wartet ein älterer Herr. Er lächelt, als ich ihm Missa hinhalte. Dann nimmt er sie mir ab und legt sie auf einen Tisch, der kalt aussieht. Mit geübten Fingern dreht er sie hin und her, drückt ihren Bauch, hebt ihren Kopf und betrachtet ihre verklebten Augen. Er werde Missa zwei Spritzen geben, eine gegen die Parasiten, eine andere für das Immunsystem. Als er die erste Spritze in ihren Körper sticht, will ich sie ihm aus der Hand schlagen, sie wirkt viel zu groß. Der Arzt reicht mir Milchpulver und eine kleine Flasche mit destilliertem Wasser. »Mit dem Wasser reibst du die Augen ein, bis sich die Verkrustungen lösen«, sagt er, »sie ist gar nicht mehr so jung, nur völlig unterernährt. Es kann sein, dass hinter den Lidern gar nichts ist.« Piero sieht mich an.

Auf der Straße hält er wieder meinen Arm fest und sagt, dass die Katze in ein paar Tagen vielleicht zu seiner Mutter könne. Ich danke ihm und gehe nach Hause. Die Hitze kommt mir wie etwas vor, das ich bei jedem Schritt durchtrennen muss.

Drei Stunden später bewegt sich Missa zum ersten Mal deutlich in ihrer Kiste und miaut. Ich zucke zusammen, es ist ein hohes Fiepen. Ich habe das Milchpulver aufgelöst und mit einem Stück feuchtem Klopapier an ihren verklebten Augen gerieben.

Sie lässt sich von mir auf das Bett heben, ich sehe, dass sich an den Augen neuer Eiter gebildet hat, hole die Pipette und das Wasser.

Vorsichtig reibe ich, werfe das Klopapier auf den Boden und reiße ein neues Blatt von der Rolle. Ihr ganzes Gesicht ist mittlerweile nass, sie zappelt in meinen Händen. Kurz darauf sehe ich, wie sie versucht, ihre Augen zu öffnen. Ich befeuchte weiter Papier, obwohl ich weiß, dass das Klopapier knapp ist, reibe, warte. Schließlich öffnet Missa die Lider, und ich lasse sie auf das Bett fallen. Dahinter ist wirklich nichts, nur eine schwarze Höhle, aus der noch immer Eiter kommt. Man kann doch nicht ohne Augen geboren werden, denke ich. Blind tapst Missa auf dem Bett herum, sie kann jetzt sogar ihren Kopf halten, und miaut. Ich setze sie auf meine Brust, fülle die milchige Flüssigkeit in ihr Maul, etwas davon tropft auch auf mein T-Shirt. Wie um mich zu beruhigen, schließt sie die Lider.

Den Nachmittag verbringe ich mit Missa auf dem Bett. Ab und zu dösen wir ein, sie wacht immer zuerst auf und miaut so lange, bis ich ihr Milch einflöße. Am Abend kommt Piero, klopft gegen meine Tür und öffnet sie, obwohl ich nicht antworte. »Ich habe meine Mutter angerufen«, sagt er, »wir können ihr die Katze übermorgen bringen.«

Ich halte ihm Missa so entgegen, dass er ihre Augenhöhlen sehen kann. »Du musst auch essen«, sagt er, »Patricio und Giselle haben gekocht.«

Ich lege Missa zurück in ihren Karton und decke sie mit Pieros Pullover zu. Als ich an ihm vorbei durch die Tür gehen will, hält er mich wieder fest, und ich denke, dass er mich ständig festhalten will und ich keine Kraft habe, mich loszumachen. »Vorher solltest du duschen«, sagt er.

»Lass uns Rum kaufen«, sage ich, als wir unten auf der Straße sind, Piero grinst. Ich lasse ihn zwei Flaschen Rum am Kiosk bestellen und reiche ihm einen abgegriffenen Geldschein. Er bezahlt, öffnet den Verschluss der einen Flasche noch am Tresen und trinkt. Angewidert spuckt er die Flüssigkeit auf den Gehsteig.

»Gib mir sofort zwei neue Flaschen«, sagt er laut zu dem Verkäufer, »so einen Scheiß kannst du jemand anderem verkaufen!« Der Mann hebt abwehrend die Handflächen und greift dann unter den Tresen. Piero sieht mich an, als wäre ich das Problem.

Nachdem er aus der neuen Flasche getrunken hat, reicht er sie mir. Dieses Mal bin ich es, die nach Pieros Arm greift, als ich ihm den Rum zurückgebe.

Wir laufen am angestrahlten Capitolio vorbei, noch immer stehen Touristen mit zurückgelegten Köpfen vor der weißen Kuppel. Piero verschluckt sich vor Lachen. »Wie Pinguine«, sagt er hustend, »sie sehen aus wie Pinguine, die sich staunend die Welt angucken.« Ich sage, dass mich das Gebäude anfangs auch beeindruckt hat. »Ich weiß«, sagt er, »du hast auch so ausgesehen.«

Er legt mir eine Hand auf die Hüfte. Ich drehe mich weg und greife nach der Flasche. »Bleib doch«, sagt er und lacht kurz auf. Sein Lachen hat sich verändert. Es ist nicht mehr dasselbe, seit er seine Arbeit verloren hat. Ich gebe ihm die Flasche zurück.

Giselle tanzt zu Charanga Habanera zwischen Küche und Wohnraum hin und her, zeigt mit einem Kochlöffel auf mich, Soße tropft auf den Boden. Sie lacht und küsst mich auf die Wange. Im Nebenzimmer läuft der Fernseher, eine stumme Rede von Castro. Patricio sitzt davor und schüttelt den Kopf. »Sie hat einfach den Ton ausgeschaltet und die Musik aufgedreht. Sie sagte, ansonsten würden ihre Ohren Krebs bekommen.« Noch immer schaut er kopfschüttelnd zu Giselle, die jetzt versucht, die Sänger zu übertönen: »Soy Cubano, soy popular.«

»Bist du tatsächlich dazu übergegangen, Katzen zu retten?«,

fragt Patricio, steht auf, schaltet den Fernseher aus und küsst mich ebenfalls auf die Wange. »Wie heißt sie denn?«

»Missa«, antworte ich, und er nickt: »Warum auch nicht.«

Trotz meiner Proteste werde ich auf den einzigen Stuhl gesetzt. Die anderen lehnen an der Wand oder sitzen während des Essens auf dem Tisch. Patricio kratzt die Spaghettireste von seinem Teller, sagt: »Noch ein Glas, dann bin ich fertig für heute.« Er muss morgen wieder früh am Flughafen sein. Ich frage, ob wegen ihm schon mal zwei Flugzeuge zusammengekracht seien, aber er lacht nicht. Piero stößt mich an und fragt, ob ich ihm Geld geben könne. Giselle dreht die Musik lauter und beginnt, den Tisch abzuräumen. Ich gebe ihm fünf Dollar. Er nimmt das Geld und sieht mich weiter an, aber ich schüttle den Kopf. Wortlos verschwindet er aus der Wohnung.

»Mach dir keine Gedanken«, sagt Patricio, der meinen Blick auf die Wohnungstür bemerkt hat, »der fängt sich wieder. Spätestens wenn du weg bist. Dann fehlt ihm das Geld, sich zuzudröhnen, und er sucht sich wieder Arbeit.« Er sieht Giselle an. »Oder auch nicht.«

»Läuft das immer so?«, sage ich, plötzlich laut. »Entweder es wird, oder eben nicht?«

Patricio stellt die Teller zusammen. »Mädchen«, sagt er, »anders kann es gar nicht laufen.«

»Was kümmert es dich eigentlich«, sagt Giselle und nimmt Patricio die Teller ab. »Du bist doch sowieso in ein paar Tagen weg. Hier wird es eben weitergehen.« Sie sieht mich dabei nicht unfreundlich an. Ich stehe auf. »Wo willst du denn hin?« Giselle füllt die Gläser nach.

»Die Katze«, sage ich, »sie wartet.«

Den Weg nach Hause renne ich. An einer Ecke glaube ich, an Piero vorbei zu laufen, aber ich drehe mich nicht um.

Vor meiner Haustür sticht es im Hals, ich zwinge mich, tief Luft zu holen und schließe die Tür auf. Die Mutter des Polizisten steht vom Tisch auf, als sie mich hereinkommen sieht. »Der Kleine wollte unbedingt die Katze füttern«, sagt sie, »ich habe ihn in dein Zimmer gelassen, aber da war sie schon tot.«

Meine Zimmertür steht offen. Der Karton ist leer, auch der Pullover ist verschwunden. »Ich habe gedacht, ich wasche den Pullover für dich. Er hat erbärmlich gestunken.«

Ich drehe mich zu ihr um. »Wo ist die Katze?«

Sie sieht mich überrascht an. »In der Küche.«

Ich zwänge mich an ihr vorbei aus dem Zimmer. Der Junge sitzt mit der Frau des Polizisten am Tisch, die Großmutter mit einem Teller auf den Knien im Schaukelstuhl. Ich sehe mich in der Küche um, kann die Katze aber nicht finden. »Wo denn?«, frage ich.

»So ein Tier«, sagt die Frau des Polizisten und blickt nur kurz von ihrem Teller auf, »muss sofort entsorgt werden.«

Neben dem Herd steht der Mülleimer, eine große blecherne Tonne. Ich ziehe den Deckel ab und wühle, bis ich die Katze sehe. Ihr Hinterteil guckt zwischen Gemüseresten heraus. Einige Sekunden hocke ich mit dem Deckel in der Hand da und kann mich nicht überwinden, sie anzufassen. Dann lege ich den Abfall wieder an seinen Platz.

Horst Jahns

Nachtschicht

Vollmond im Herbst, und ich suche dich, die Besänftigung deiner Augen, diese Stille im Zentrum des Sturms. Die Liebe ist ein dunkler Skorpion, weißt du, und sie sammelt ihr Gift, bevor sie zusticht, gegen Ende der Nacht, wenn ich den Mond beiseite schiebe, diesen galligen Stein, und begreife, was dich und mich ausmacht.

Tom jedenfalls hat mich verstanden. Wir saßen in der Nachtkantine im Kunstpark Ost, er wusste, dass ich an diesem Abend noch in deine Nacht kommen musste, wie du seit Wochen in meine kommst. Tom hoffte, im Laufe des Abends Bianca zu sehen, wenngleich er sich darüber im Klaren war, nicht auf Tuchfühlung mit ihr gehen zu können, der Bosnier würde wie ein Schirmherr hinter ihr stehen. Ich zählte auf den Bosnier, er ist einer der wenigen Dealer, denen ich vertraue. Sabine saß neben mir und starrte ihr Handy an, als müsste dieser Apparat allein durch ihren Willen Grußbotschaften aufleuchten lassen, die alles meinten und nichts besagten. Ich gab dem Impuls, auf mein Display zu blicken, nicht nach, nicht jetzt, es war noch zu früh.

Die Gesichter der Leute in der Nachtkantine nervten mich, ich hatte nichts mehr, um draufzukommen, weder Vicodin noch Amphetamin. Tom wollte ich nicht fragen, wegen Sabine. Ich rauchte und trank Espresso. Das Getue um mich herum, Ich-sehe-wen-den-du-auch-kennst!, diese Kinderspiele fand ich zum Kotzen. Ich kippte den Rest vom Jägermeister, den ich in meiner Jackentasche fand, stellte das leere Fläschchen geräuschvoll auf den Tisch und lauerte auf irgendein Gesicht, das ich hätte anstieren können.

In den engen Gassen des ehemaligen Industriegeländes wehte ein kalter Wind, die Leute wimmelten an den Mauern der umgestylten Fabrikhallen entlang. Ich musste wieder an dich denken, an deine fahrige Unbehaustheit vor Mitternacht, ich wusste, du warst nicht allein, du konntest noch nie um diese Zeit des Abends allein sein, wenn nur jemand da war, egal wer, irgendein Macker, ich wusste, dir ging es um die spendierten Drinks und um das, was am Ende der Nacht für dich bereitstehen würde, etwas, das für dich schon immer leicht zu bekommen war. Ich spürte Wut, auch deine Wut, du konntest nichts dafür, ich hütete sie eifersüchtig. Ich hätte in diesem Moment auch zu deiner Wohnung gehen können, keine zehn Minuten Fußweg, hinüber in die Pariser Straße. Vielleicht wäre ich raufgegangen, um an deiner Tür zu lauschen, vielleicht wärst du ja daheim gewesen, vielleicht sogar allein.

Wir wanderten rüber ins Incognito. Lärmbrei schwappte heran. Die Raver-Party war am Kochen. Tanzende Körper zuckten spasmisch im Lichtgestöber. Der Bosnier stand an der Bar, ich suchte seinen Blick, er hatte auf meinen schon gelauert, ich nickte zu ihm hin, er hob das Kinn, sein Ohrring blitzte auf. Bianca stand bei ihm, zierlich, südlicher Einschlag, gerahmt von flachsblonden Strähnen. Sie trug eine pluderige Polyesterhose, darüber ein pinkfarbenes, kurzärmeliges Top, das ihre kleinen Brüste umspannte. Ich sah Tom an und wusste Bescheid. Er flog auf diesen kindhaften Frauentyp, dieser Anschein knabenhafter Unschuld in einem Kleinmädchenkörper, schmächtige Amazonen, die er stierhaft umschnauben, von denen er sich ordentlich piesacken lassen konnte. Ich dachte an dich, an deine momentane Unerreichbarkeit jenseits der Grußbotschaften und Telefonate, ich bildete mir ein, dass ich jetzt in erster Linie draufkommen wollte, um dranzubleiben an der Sache zwischen dir und mir, die noch nicht ausgestanden war.

Tom bereitete seinen Auftritt vor. Ich linste an seinem Rücken vorbei, hinüber zu Bianca, die ihn im Auge behielt. Tom war gut drauf, nicht nur wegen Bianca, eine Line Speed hatte ihn hochgebracht, er tänzelte wie ein Boxer in seiner Ecke, der gleich losschnellt. Aus den Lautsprechern dröhnte Scooter, »Move Your Ass«, Tom nahm den Schlagabtausch an, Sabine als Sparringspartnerin. Ich nippte an meinem Wodka Lemon, sah Bianca auf die Tanzfläche wieseln, sie begrüßte Sabine mit Wangenküssen, blickte kurz hinauf in das lauernde Gesicht von Tom. Ich trat an die Seite des Bosniers, sprach nahe an seinem Ohr, wie die Dinge stünden. Er zündete sich eine Zigarette an, inhalierte, blies mit dem Rauch Wörter aus, sagte, er könne mir »Superpot« besorgen, Vicodin, »Special K«, kein Problem. Ich sprach dicht an seiner Wange, ohne ihn anzusehen, behielt das Umfeld im Auge, redete von der üblichen Menge Vicodin, ein paar Tabletten, dazu ein Hit »Vitamin K«. Das Vicodin brauchte ich, um von dieser nervös-aggressiven Stimmung runterzukommen, das Ketamin, um reinzukommen, in diese federnde Überheblichkeit, ich wusste, die Angstzustände würden sich entweder auflösen oder mir würde die Luft wegbleiben, wie neulich, mein implodierendes Herz, falls es so etwas gibt. Ich denke, du kennst diese Symptome recht gut, denn du hast sie mir zuerst beschrieben.

Der Bosnier ging raus, kam einen Augenblick später zurück, sagte zu mir: »In zwanzig Minuten in der Spielhalle.«

Ich dachte an unsere Abende, wir beide zugedröhnt, abgefüllt, im Nachtwerk oder im Backstage, du konntest dich gehenlassen, und ich ging mit dir, in deine Fahrlässigkeit hinein, weil ich es nicht besser wusste, nicht so gut wie du, hineinfallen, um herauszukommen, aus sich selbst, das hast du mich gelehrt, mich besänftigt, warst beschäftigt mit angelesen Sprüchen, die ich dir hinwarf. »Literatur – was soll das denn?«, hast du gesagt. »Bringt das etwa Kohle?« – »Wie ein Klavier in den Alpen«, tat ich geheimnisvoll, »aber irgend jemand muss es ja spielen.«

Das eintönige Synthie-Gepolter erreichte mich wieder, ein Zittern durchlief meinen linken Arm, wie ein leichter Stromstoß, vor meinen Augen schüttelten sich Tom und Bianca, als wollten sie sich von unsichtbaren Zwangsjacken befreien, sie berührten einander nicht. Tom weiß, was auf dem Spiel steht, dachte ich, er wählt die kontrollierte Ekstase, das hat er drauf, das zumindest. Ich blickte auf meine Armbanduhr, »Come on, come on« nölte die enervierende Stimme von H. P. Baxxter, ich sagte Sabine kurz Bescheid, machte mich auf den Weg zur Spielhalle.

Der Bosnier lehnte an der Wand, seine Kumpane blickten träge vom Spieltisch auf, sie gebrauchten ihre Queues wie asiatische Kampfhölzer, das Klicken der Kugeln prallte mir gegen die Schläfen, der Bosnier sah mir ins Gesicht und nickte.

Wenig später entdeckte ich Sabine und Tom an der Bar, gesellte mich zu den beiden, fing das Grinsen von Tom, das ich mit angehobenem Kinn weiterspielte, hinüber in Sabines lachende Augen. Durch den Brodem aus Körperausdünstungen und heißem Atem waberten perkussive Elektroimpulse, Westbam, »Terminator«, ich zog Sabine auf die Tanzfläche, diese kleine Marionette, die sich jetzt für mich drehte, meine fahrigen Hände über ihr. Sabine. Ich mochte die Art, wie sie sich selbst pushte, allein durch Bewegung, der kreisende Groove des Amphetamins in ihrem Blut, den sie mit ihrer Tanzwut befeuerte, mit Funky-House-Klängen am Köcheln hielt. Ich beobachtete den Schlingerkurs ihres Körpers. Ich war jetzt drauf, es war am Rollen, das Dope arbeitete sich in mir hoch, zerrte diese nervöse Gereiztheit von mir fort. Meine Augen verfingen sich in Sabines koordinierter Ausgelassenheit. Ich dachte daran, daß ich mir noch nie Gedanken über ihre Brüste gemacht hatte, sie war ein prima Kumpel, das ging schon eine Weile so, da lief kein Film in meinem Kopfkino, betitelt mit »Sabine live« oder was auch immer. Wir trafen uns regelmäßig in der Atzinger-Kneipe oder im Schelling-Salon, Tom, Sven, Michi und die anderen, auch Sabine, ich sah sie als gute, etwas verzickte Freundin, aber ich nahm sie nicht ernst. Sie war die perfekte Spielfigur, aber ich war nicht die schirmende Hand, die sie in mir sah. Sie schaute zu mir auf, mit glasigen Augen, sie war luftig, sie war leicht, nicht erdenschwer, nicht gewichtig genug, nicht der Stein in der Wüste, unter dem er lauert, jener, den wir alle suchen, der dunkle Skorpion. Jemand wie du.

Ein pochendes Intervall dröhnte in meinem Kopf, es konnte von außen kommen oder aus der Tiefe meiner Brust, es war mir egal, ich schlürfte diese Melange aus jungen Körpern, schweißnass, glühend, ein wirbelndes Gestöber aus Licht und Lärm, Psylocity, »Machine«. Tom war plötzlich verschwunden, ebenso Bianca und der Bosnier, Sabine, nahebei, sog mit einem Plastikhalm die letzten Tropfen aus ihrem Cocktailglas. Irgendwo ging etwas Gläsernes zu Bruch. Ich spürte ein Zittern an meinem rechten Oberschenkel, der Vibrations-Alarm meines Handys, deine Stimme kroch mir dunkel ins Ohr, ich wirbelte nach draußen, die Faust an der Schläfe, du sagtest: »Ich brauch noch was, meine Medizin ist alle, außerdem hab ich den ganzen Tag noch nichts gegessen, kannst du mir was vorbeibringen, umgehend, ich wart' auf dich«. Deine Stimme, frische Energie für meinen Akku.

Draußen am Imbissstand besorgte ich zwei Döner, ließ sie einpacken. Tom genehmigte sich einen Fladen mit Schafskäse,

Hackfleisch und Ei, Sabine aß Falafel, ich spendierte den beiden noch einen Kaffee, wollte selber nichts, war zu aufgedreht, um irgendwelche Nahrungsmittel zu mir zu nehmen. Ich hatte das Gefühl, die Zeit liefe mir davon, es war kurz vor halb zwei.

Ich hab noch immer den Schlüssel zu deiner Wohnung. Du hast ihn bis jetzt nicht zurückverlangt. Du weißt, dass ich dich niemals überraschen würde. Vielleicht betrachtest du den Schlüssel als Faustpfand, falls es dir einmal schlecht erginge und sich niemand nach dir umblickte – dann wäre ich der letzte, der übriggebliebene Gute in deiner kleinen Welt, der sich um dich kümmert und um dich sorgt, so wie jetzt, da du nicht allein zu Hause bist, und ihr beide noch hungrig seid, natürlich, und etwas braucht, das euch draufbringt, so wie meine Verfügbarkeit dich darauf bringt, nicht vollkommen verloren zu sein. Wie lange wirst du mir diese Option noch gönnen: zu dir vorzudringen, ohne zu fordern, vielleicht sogar in froher Erwartung? Denn du allein bist es, die den Stein aufzuheben vermag und das Dunkle darunter begreift. So wie jetzt, da du wartest, und ich es nicht erwarten kann, dich warten zu sehen, einen Augenblick, zwischen Tür und Angel. Ich lebe im Augenblick für diesen Moment und zehre gleichzeitig von ihm, wie du.

Ich verabschiedete mich von Sabine und Tom, drückte das Imbisspaket gegen meinen Bauch, deckte es mit der Jacke zu, mein Kopf fühlte sich warm an. Vor meinen Augen flimmerte es wieder, ich musste einen Moment warten, ehe ich die Zifferntaste meines Handys bedienen konnte. Es ging auf dreiviertel drei, ihr würdet wie Verlorene in der Zeit herumschweben, vielleicht wart ihr gar nicht mehr aus auf Magenfüllendes, konnte ich mir vorstellen, du und dein Nachtbegleiter, aber dein Befehl war unumstößlich, der gute Wille zählte, mein Wille, es handelte sich nur noch um Minuten, ich wollte dich in Sicherheit wiegen. »Ich hab die Verpflegung, bis gleich!«, hab ich getippt, eine gefühlte Ewigkeit hat es gedauert, das konnte ich für dich tun, im Augenblick. Die Stadt lag wie geduckt, wie auf dem Sprung, unter diesem Mond, der jetzt ein guter Mond war. Noch drei Blocks.

Der Tag ist mild gewesen, doch jetzt hat es angezogen. Mich fröstelt. Der Straßenkorridor, flankiert von burgenhaften Gründerzeitgebäuden, scheint vor mir fliehen zu wollen, verharrt jedoch wie erstarrt unter diesem galligen Licht. Sitzt du schon stillgespannt und wartest auf mein Klingelzeichen, das Läuten an der Wohnungstür? Erwartungsfroh? Fügt sich nicht so wieder alles, wie es soll? Ich werde, wenn der Morgen anbricht, ruhig schlafen können, zwar mit klopfendem Herzen, wie immer nach einer pushenden Vitaminzufuhr wie dieser, doch mit klarem Kopf, beschwichtigt von der Annahme, dass du mit mir zufrieden gewesen bist, diese Nacht. Die Liebe ist ein dunkler Skorpion, weißt du. Ich weiß, dass du es weißt. Denn ich weiß es von dir.

Simone Kanter

Rabenkinder

Es wird damit beginnen, dass ich Vaters Schnapsflasche in der Vogeltränke entdecken und mir Vater als einen großen, schwarzen Vogel vorstellen werde. Wie er auf dem Rand schwankend nippt, um seinen unvorstellbaren Durst zu lindern, nippt und stärker ins Schwanken gerät, solange, bis er die schwarzen Flügel ausstrecken müssen und doch den Sturz nicht wird abwenden können. Und weil ich den Abend schon zum Morgen zählen werde, weiß ich bereits jetzt, dass ich meinen Vater, diesen alten, schwarzen Vogel, nicht länger werde ausstehen können.

Vater war immer schon unerreichbar gewesen. Er versteckte sich irgendwo zwischen seinen breiten Schultern und seiner schmalen Stirn. Wenn etwas von ihm zutage trat, dann waren es leise Flüche, die eher seine Angst als seine Wut hörbar machten. Er schlug dann mit der Hand auf den Tisch, aber nie so, dass das Geschirr klirrte, stieß seinen Stuhl zurück, schaute uns einem nach dem anderen ins Gesicht und verließ das Zimmer. Ich kenne Vater immer nur auf der Flucht. Nur wenn wir zusammen zum See fuhren, die Angeln auswarfen und uns still verhielten, blieb auch er reglos. Er lehnte seinen Blick gegen die Wasseroberfläche und bemerkte oft nicht, wenn seine Angelpose unter Wasser gegangen war. So werde ich ihn in Erinnerung behalten wollen, so auf das Wasser blickend. Auch dann noch, wenn der große, schwarze Vogel längst abgestürzt sein wird.

Ich sitze aufrecht vor dem Krankenbett meiner Schwester und rede mir ein, dass in weißgestrichenen Räumen keine Totenbetten existieren. Das Sterben funktioniert nicht im Hellen. Ihre Haut ist fahl und irgendwie selbst ein Krankenzimmer, in dem sie liegt und nicht gesunden wird. Sie liegt dort hinter ihrer weißen Haut in ihre Laken gewickelt und stirbt. Weshalb sie nicht vor Ort und Stelle, noch direkt am Unfallort gestorben ist, denke ich, und möchte es nicht denken, weiß aber, es wäre besser, wäre für alle weniger schmerzhaft gewesen, wenn der Krankenwagen aufgehalten und das Herz meiner Schwester nicht wieder in Betrieb genommen worden wäre. Wiederbeleben bedeutet nicht immer zum Besseren, sagte ich der Ärztin, die tatsächlich ein abgestandenes Lächeln als Trost versuchte. Seither liegt meine Schwester in diesem Bett und wird nicht mehr zu sich kommen. Im Gegenteil, von ihr ist weniger und weniger da, bald gar nichts mehr. Erst versagen die Nieren, dann die Lunge. Das sieht man kaum, weil es sich hinter ihrer fast durchsichtigen Haut zuträgt. Aber jetzt haben sie ihr ein Bein abgenommen. Haben ihren Körper zerteilt und ein Einzelstück weggenommen. Sie schrumpft, denke ich, schrumpft aus dem Leben bis hin zum Tod, der in diesen weißen Wänden unmöglich sein wird.

Ich lehne meinen Kopf an das Glas, das mich in ein oder zwei Tagen von meiner Schwester trennen wird. Der Zugang zu ihr wird auch den engsten Verwandten verwehrt bleiben. Weil auch die engsten Blutsverwandten nicht mehr aushelfen können, aber eine Gefahr mit möglicher Todesfolge darstellen. Ich lehne gegen das Glas und stelle mir die Geschichte vor, die damit beginnt, dass ich die Schnapsflasche eines großen, alten Vogels finde.

Unsere Eltern waren schön und schlank. Bis zu den Schultern ging beiden das Haar, unserem Vater in dunkelblonden Locken, seiner jungen Frau in glatten Strähnen. Sie hätten zusammen auf Weltreise gehen und nicht mehr heimkehren können, stattdessen bewirtschafteten sie den Hof der Familie. Mutter kochte große Töpfe Kartoffeln, und Vater schnitt Gras, fütterte die Hasen, die Hühner, machte Heu und baute uns Indianerbogen, mit denen wir durch den Park streiften. Einmal baute er uns eine Klapper für das Fahrrad. Ein Stück Plastik, das er mit Draht an der Achse befestigt hatte, und das beim Fahren in die Speichen ragte. Ein Lärm, der kundtat: wir waren unterwegs.

Der alte, schwarze Vogel. Irgendwann war er da, war aus meinem schönen Vater herausgetreten und hatte von ihm nur das Gesicht übrig gelassen. Ich sah ihn meist im Garten, sah ihn die Vogeltränke säubern, die Beete harken, den Komposthaufen umschichten. Zwischen den meterhohen Sonnenblumen wandelte er wie durch einen Wald, und manchmal dachte ich, er ist jetzt genauso, wie er am Wasser war. Still und ruhig, die sinkende Pose nicht bemerkend.

Wie viele menschliche Organe lassen sich maschinell ersetzen, wie viel vom Leben kann künstlich erhalten werden, fragte ich die Ärztin mit dem Lächeln, und sie nickte nur. Vielleicht haben Ärzte, abgesehen von ihren Fachtermini, einfach keine Worte, und ich nickte ihr nach. Was bleibt noch, wenn man alle Gliedmaßen entfernt, die Atmung kontrolliert hat und der Rest am dünnen Faden einer Infusionsflasche hängt? Und wie lange lässt das Herz sich täuschen? Ich habe Phantomschmerzen. Überall dort, wo meine Schwester nicht ist, tut es weh.

Vater und Mutter wurden mit der Zeit zwei unterscheidbare Variablen. Es waren nicht mehr unsere Eltern, und sie waren uns beiden unbekannt. Plötzlich waren da meine Schwester und ich, und in etwas Abstand zu uns, aber auch zueinander, war dort unsere Mutter und anderswo unser Vater. Wir verstehen es nicht, die Gleichung so aufzulösen, dass Familie rauskommt. Manchmal muss man sich mit der Unlösbarkeit einer

Aufgabe abfinden. Und manchmal ist es genau diese Unmöglichkeit, die zu beweisen ist.

Ich habe also Vaters Schnapsflasche in der Vogeltränke gefunden. Ich ahnte, aber ich wusste nicht, oder ich gestand es mir nicht ein. Doch ein deutlicheres Versteck hätte der Vogel sich nicht suchen können. Zum ersten Mal bemerkte ich die Ähnlichkeit zwischen meinem Vater und einem Raben. Seine Flügel waren gestutzt, seine Federn zerzaust, unnütz. Also stolperte er durch die Tage wie ein Rabe über gefurchte Felder. Ziellos und stolz. Er gab sich die Schuld am Unfall meiner Schwester, weil sie vorher bei ihm gewesen war, weil sie ihn mit dem Rücken an die Wand gestellt und mit dem Finger fest in sein nicht offenes Versteck gezeigt hatte. Sie hatte den alten, schwarzen Vogel bei den Flügeln gepackt und herausgefordert.

Ich schaue durch das Glas zu ihr, wie unwirklich sie dort liegt ohne Lunge, ohne Nieren, ohne Bein. Vielleicht vergehen die Tage auch ohne dich, flüstere ich. Vater wird weiter schwanken, wird solange schwanken, bis er abhebt und stürzt. Ich werde die Gleichung nicht umstellen und das Rätsel von Familie nicht lösen.

Das abgetrennte Bein müsse bestattet werden, müsse auf eine Bahre gelegt, in einen maßgeschneiderten Sarg gebettet und beerdigt werden. Ich schaue durch das Glas auf die weiße Gestalt, die meine Schwester ist und stelle mir vor, während sie dort liegt, einen Teil von ihr unter die Erde zu bringen. Stelle mir mich an diesem kleinen, ausgegrabenen Erdloch vor, wie ich weine, wie der alte Vogel schwankt und nicht versteht, weshalb er das Bein seiner Tochter begraben lassen soll. Wie wir schweigen und den maßgeschneiderten Sarg, der ein Kindersarg sein könnte, hinablassen und mit Erde beschmutzen werden. Stelle mir meine Schwester bei bester Gesundheit vor, wie sie den Arm um mich legen und spöttisch in das Erdloch spucken würde. Da soll ich reinpassen? Sie würde ebenso wie der schwarze Vogel nicht begreifen, dass es ein Teil von ihr ist, den wir vergraben werden.

Mutter taucht selten auf. Sie ist eine Kuckucksmutter. Wir sind eine Federviehfamilie. Sie hat uns geboren und in das Nest meines Vaters gelegt. Ein Nest, hoch oben in den Spalten der Klippen. Und deswegen hat mein Vater diesen Fluchtkörper, weil er ständig versucht war, diesem Nest zu entkommen, dieser Einsamkeit und vielleicht auch diesen zwei kreischenden Jungvögeln, die so ganz anders waren, als er es ist. Vielleicht sind wir nicht die Kinder dieses großen, alten und schwarzen Vogels.

Es wird damit enden, dass ich das Bein meiner Schwester ausgraben lassen werde. Ich werde an ihrem Grab stehen, auf dieser schmalen Grasnarbe, die es umfassen wird, und an das Heu, den Bullen, die Fahrradklapper und die Stunden am See denken. Vater wird mit seinen gestutzten Flügen nicht länger abheben, nur noch hinstürzen können, und Mutter wird bleiben, wo sie immer schon war. Irgendwo, wo wir nicht sind.

Und vielleicht vergehen ja dann die Tage.

Unsere Eltern sind schön gewesen, sie hätten auf Weltreise gehen und nicht wieder heimkehren sollen. Mutter ist eine grauhaarige Alte geworden. Ihr Rücken krümmt sich gegen den Wind, und wenn sie etwas sagt, dann immer im Ton einer Vorgesetzten. Wenn Mutter einem die Tür öffnet, befiehlt sie einzutreten, sie bittet nicht, sondern verlangt, dass man ohne Widerrede tut, was sie sagt. An den Fluchtmanövern ihres Mannes hat sie sich nie gestört. Während Vater in seiner trunkenen Abwesenheit glänzte, kam das Leben meiner Mutter nur an Eckpunkten mit unseren zusammen. In ihrer mangelnden Anwesenheit war sie ein leuchtender Stern. Sie hat kaum Kenntnis von uns genommen. Nicht, als uns die Milchzähne verloren gingen oder meine Schwester wegen einer Blindarmentzündung im Krankenhaus lag, nicht, als ich mir beim Sport den Arm gebrochen habe oder als wir mit Auszeichnung unseren Schulabschluss machten.

Was aus der Schönheit unserer Mutter geworden ist, haben wir nicht bemerkt. Vielleicht hat sie sie eingetauscht gegen die Kraft, sich gegen den Wind zu stemmen. Ganz beiläufig ist sie so geworden, wie sie jetzt ist. Vielleicht sind wir als Kinder so oft mit der Abwesenheit konfrontiert worden, dass wir nicht wissen, wie wir mit der Anwesenheit anderer umgehen können. Und vielleicht stören mich deswegen die Menschen, die hin und wieder kommen, sich neben mir an das Glas lehnen und in das weiße Zimmer meiner Schwester schauen. Mich stört ihr Geruch, mich stören ihre Stimmen, ihr leises Hüsteln und Schniefen. Diese Menschen, die kommen und gehen, mir die Hand drücken und dann den Rücken kehren, diese Menschen stören mich. Sie sind irgendwo im Leben meiner Schwester oder auch in meinem, und deshalb kommen sie, und deshalb gehen sie auch und kommen nicht wieder, weil sie, wenn sie am Glas gelehnt haben, begriffen haben, dass hier das Leben endet und zwar so, wie sie es sich nie vorgestellt haben, nie haben vorstellen können und auch nicht können möchten. Mich stören all diese Menschen, Spatzen, Meisen und Tauben.

Es hatte seit Wochen geregnet. Die Wiesen und Wege im Park waren überschwemmt, und wir krempelten unsere Hosen hoch über die Knie. Wir mussten nur mit den Händen auf den sumpfigen Boden greifen und hielten sogleich einen Haufen verknoteter Regenwürmer über unsere Köpfe. Da die wasserfreien Stellen weit hinter uns lagen, sammelten wir die Würmer in einen Eimer und brachten sie ins Trockene. Ich musste an meinen Vater denken und wunderte mich darüber, dass der alte Vogel nicht mitgekommen war.

Ich stelle mir meine Schwester mit dem fehlenden Bein vor, wie sie einbeinig im Wasser stehen und ganz grazil aussehen würde. Wie ein Kranich vielleicht.

In diesen weißen und beleuchteten Räumen ist der Tod nicht möglich, er würde doch sofort auffallen, käme er herein und täte, was er wolle, nähme sich vom Leben alles und ließe nur von sich etwas zurück. Etwas Dunkles und Unbekanntes, er ließe ein Loch dort, wo er gekommen wäre. Und womöglich müssen Organe eine Auszeit nehmen, müssen sich maschinell ersetzen lassen, um dann wieder tatkräftig an ihre Arbeit gehen zu können. Es ist nur ein Pausieren, sonst machte doch die ganze Logik um das Wiederbeleben keinen Sinn.

Unsere Mutter hat schon vor Jahren das Haus ebenerdig bewohnbar gemacht, wahrscheinlich weil sie wusste, dass sie irgendwann, mit gestutzten Flügeln, nicht mehr in die oberen Etagen gelangen würden. Ich werde sie nach oben treiben und mit meiner Schwester unten einziehen. Wir werden die Küche zum Garten hin nutzen und morgens wie Kraniche im Nebel stehen. Und im Winter, wenn es gleichzeitig grau und weiß sein wird, dann stellen wir uns rosafarben an und denken, wir seien Flamingos und in wärmeren Gefilden zuhause.

Ich überlege, was sie dort unter der Erde wird machen können. Dann stelle ich sie mir vor, wie sie eingesargt da unten liegen wird, zugenagelt und mit Erde beschwert. Ich werde mich hinlegen und mein Ohr auf den Boden drücken, werde lauschen. Ich werde liegen, wie ich am Glas lehne, und atmen und mir einbilden, ich atme ein Stück von ihr, den erdigen Geruch. Wie meine Schwester Erde wird, das werde ich noch verstehen müssen.

Alles begann mit der Schnapsflasche eines großen, alten und schwarzen Vogels. Und jetzt endet es.

Es waren nur Minuten, in denen ich die Augen schloss und durch die Glastür in das weiße und beleuchtete Zimmer trat, die beinah durchsichtige Haut meiner Schwester berührte, den Meisen, Spatzen und Tauben ein abgestandenen Lächeln schenkte und das Licht löschte. Es war nur diese eine Sekunde.

Der alte Rabe ist nicht totzukriegen. Nachdem das Bein meiner Schwester und auch ihr ganzer Rest unter die Erde gebracht worden waren, dachte ich, den inzwischen grau gewordenen Vogel zu stutzen, zu reißen, zu töten. Und währenddessen war ich schon längst zur Schwesternmörderin geworden. Aber er ist nicht totzukriegen!

Jede Zeit ist eine Zeit ohne sie, und ich hoffte noch, die Zeit würde auch ohne sie vergehen können. Aber ich kann nicht. Kann nicht zurück an dieses Erdloch, in dem sie bei Wind und Wetter, bei Frost und Föhn liegt und auf etwas wartet, was nicht kommen wird. Es kommt keine Erlösung. Es kommt nichts, was sie aus diesem beinlosen Körper schält, sie ausgräbt und hinaus in eine andere Freiheit lässt. Nach dem Tod kommt nichts.

Aber der Rabe hinkt durch das Haus, wie er zu ihrem Grab hinkte und beinahe über die Grasnarbe hineinstürzte. Er stinkt und krächzt und schlägt seine alten Krallen in alles, was ihm lieb sein sollte. Wann immer er geht, verabschiedet er sich, keiner solle mehr auf ihn warten. Keiner wartet, aber er kommt immer wieder.

Mónika Koncz

verwildern

Sie ist tot, krächzt Großvater mit seiner kehligen Stimme. Deine Mamika ist gestorben. Er sagt das gefühlt nun schon zum zehnten Mal, und wie jedes Mal lässt er dem Punkt am Satzende einen Schnaps folgen. Er nimmt seine Brille ab, die am Steg nur noch von etlichen Sedimentschichten Klebeband zusammengehalten wird, und reibt sich über die roten Augen, die ich wasserhell in Erinnerung hatte. Dann versucht er wieder, die Hand auf meine Schulter zu legen, und ich versuche wieder, der Mirabellenlikörwoge auszuweichen, die er mir ins Gesicht atmet.

Tata, es ist gut jetzt. Was hältst du davon, wenn wir eine Partie Schach spielen?

Ja, das ist eine gute Idee. Aber sieh dich vor, junges Fräulein, ich bin immer noch der beste Schachspieler von ganz Bács Földvár.

Ich schmunzle, hole das Schachspiel aus der Kredenz und streife dabei mit den Augen Großmutters Porzellantierchenzoo, sorgfältig aufgereiht hinter Glasfenstern. Ich lege das Spiel auf dem alten, gelblichen Wachstischtuch mit den Karos und Blumengirlanden ab und klappe es auf. Es sind noch alle da, Tata. Ich nehme die weiße und die schwarze Königin in die rechte und die linke Hand und verschränke sie hinter meinem Rücken. Großvater tippt mir auf die rechte Schulter. Großartig, mit der Schwarzen habe ich noch nie verloren. Er grinst und wackelt mit seinen Segelohren aus denen dicke, weiße Haarbüschel hervorlugen.

Tata, wo hast du denn bloß wieder den Schnaps her? Ich dachte, Onkel Juri verwaltet deine Rente und dein wöchentliches Taschengeld?

Ja, dieser Raffzahn von einem Sohn, aber meinen Bottich zum Schnapsbrennen, den verwaltet er nicht.

Mutter kommt beladen mit den letzten Mitbringseln, die sie aus dem Kofferraum geholt hat, und stellt sie neben die anderen Tüten auf dem Küchentisch: eingemachtes Obst, Kaffee, Aftershave, eingeschweißte Baumwollhemden, Schnupftabak und Angelschnur. Sie öffnet die Kühlschranktür, um die Paprikawürste zu verräumen und seufzt. Sag mal, wovon außer von vergammelter Leberwurst ernährst du dich eigentlich?

Von meinen Fischen und meinem Wässerchen! Oder was glaubst du, was mich all die Jahre so gesund gehalten hat?

Ich dachte, Margita von nebenan kommt regelmäßig vorbei und kocht für dich?

Ja, sie war ja letzte Woche noch da. Aber was sie da zusammenkocht, ist gerade mal gut genug für den Hund. Und das habe ich ihr auch gesagt.

Wenn du so weitermachst, kommt bald gar keiner mehr. Und wer außer Margita soll dich dann aus dem Graben auflesen, wenn du mal wieder betrunken reingefallen bist?

Großvater trinkt noch einen Schnaps. Ich eröffne die Partie: e2-e4. Großvater lacht, glaubst du, du kannst mich mit meinen eigenen Waffen schlagen?

Aber Tata, das weiß doch jedes Kind: e4 und Weiß gewinnt!

Großvater zieht wie erwartet einen Zentralbauern. Ich muss das Spiel seiner Läufer im Auge behalten. Ich weiß, er setzt auf das Mittel- und Endspiel, wenn mir schon längst die Konzentrationspuste ausgegangen ist. Ich setze auf Angriff.

Warum bist du nicht zur Beerdigung gekommen?

Mutter lässt aus Versehen eines der Einmachgläser fallen, die sie gerade in die Speis tragen wollte. Sie holt Kehrichtschaufel und Besen und flucht leise vor sich hin.

Ich musste arbeiten, das habe ich dir doch schon erklärt. Man kann sich nicht einfach so freinehmen in meinem Job, wenn man seine Arbeit nicht ganz verlieren will, und wie du siehst, hab ich auch noch ein Kind zu ernähren.

Großvater will etwas sagen, trinkt aber lieber noch einen Schnaps und rückt mit einem weiteren Bauer vor.

Es ärgert mich, dass sie Kind gesagt hat. Sie sagt es immer öfter, in letzter Zeit. Ich glaube, seit Großmutter gestorben ist.

Wieso hast du das Schlafzimmer abgeschlossen? Und wo hast du den Schlüssel hin?

Großvater tut so, als hätte er Mutter nicht gehört.

Vater, hörst du nicht? Was ist mit dem Schlafzimmer? Mutter rüttelt an der Klinke und ihre Locken wippen energisch auf und ab.

Das Schlafzimmer bleibt zugeschlossen. Er trinkt noch einen Schnaps.

Jetzt hör endlich auf zu saufen und gib mir den Schlüssel.

Nein, es bleibt zugeschlossen.

Mutter furcht die Brauen über den Augen, die die Farbe von Granit annehmen, wenn sie wütend ist. Du starrköpfiger alter Esel. Wie willst du denn etwas Frisches anziehen, wenn du das Zimmer mit den Kleiderschränken darin verschließt? Wie kannst du dich nur so gehen lassen? Merkst du nicht, dass du schon stinkst wie ein Büffel?

Ich brauche nichts Frisches zum Anziehen! Wozu denn? Gehe ich auf einen Ball? Den Fischen bin ich gut genug so. Aber meiner Frau Tochter nicht? Meine Frau Tochter ist ja auch etwas Besseres. Am Tag ihrer Beerdigung habe ich das Zimmer zugeschlossen, und es soll bis zu meiner Beerdigung zugeschlossen bleiben.

Wie romantisch! Oder fürchtest du in Wahrheit, dass sie darin herumspukt und dich verflucht?

Großvater verstummt. Mutter geht zum Küchenschrank, stellt sich auf einen Holzschemel und tastet mit den Fingern. Man hört das Geräusch von Metall, wie es über Holz fährt.

Großvater sieht ihr verdattert zu, wie sie die Tür aufschließt. Ich nehme ihm seinen Bauern ab.

Mutter öffnet die Schlafzimmertür. An der Wand steht das breite hölzerne Ehebett mit den dickbauchigen Daunendecken in karierten Bezügen. Neben den Betten stehen die massiven Kleiderschränke, aus denen Mutter frische Wäsche raussucht, während Großvater mir ebenfalls einen Bauern abnimmt. Mutter kommt zurück und schürt im Ofen ein Feuer an. Dann geht sie mit einem riesigen Topf in der Hand in den Hof. Ich trinke heimlich einen Schnaps mit Großvater. Tata, magst du nicht ein Stück von dem Kuchen probieren, den wir mitgebracht haben? Nein, ich will nichts von eurem komischen Fertigzeug aus Deutschland. Eine Pogácsa von deiner Mamika, die würde ich jetzt gerne essen. Er stiert in sein leeres Schnapsglas. Zuletzt hatte deine Mamika nur noch einen Goldzahn und gar keinen Appetit mehr. Ich lege meine Hand auf seine. Ging es schnell? Nein, es ging schwer und langsam. Das Wasser ist ihr nach und nach aus den Beinen hoch bis ans Herz gestiegen.

Mutter kommt mit dem wasserbefüllten Topf zurück und stellt ihn auf den Herd. Vater, ich habe die Wanne in den Hof gestellt. Zieh jetzt bitte deine Sachen aus. Ich will nicht baden! Ich will die Partie Schach mit meiner Enkelin zu Ende spielen. Wir können doch auch nachher weiterspielen, Tata. Komm jetzt, nimm erst mal ein Bad. Mutter, die einen Kopf kleiner ist als er, streift Großvater sein Hemd über den Kopf. Großvaters sonnenverbranntes Gesicht zu dem käseweißen Oberkörper, der plötzlich zum Vorschein kommt, irritiert mich kurz.

Mutter treibt den nackten Großvater über den Hof zur Blechwanne, die sie schon mit kaltem Wasser aus dem Hahn gefüllt hat. Es ist nicht wirklich eine Wanne, sondern eine längs in der Mitte durchgeschnittene Blechtonne, die schon rostig ist. Ich bringe das heiße Wasser vom Herd und Handtücher. Mutter beginnt, Großvater mit der Kernseife zu schrubben. Schmutzschlieren breiten sich im Wasser aus.

Großvater nimmt ihr die Seife brüsk aus der Hand. Du bist wohl nicht ganz bei Trost. Das kann ich auch noch selber. Glaubt ihr, ich bin schon senil? Großvater seift sich ein und singt seinen Lieblingsschlager: Ich wäre so gern betrunken. Dann täte mir nichts mehr weh. Nichts aber auch gar nichts mehr weh ... und ich fände eine bessere Welt.

Mutter und ich gehen hinüber zu Großmutters kleinem Blumengarten, der schon ganz verwildert ist. Ich hole die Gießkanne und werfe einen Blick in den Schweinekoben, der leer steht. Davor auf dem Hühnerhof hält Großvater noch vereinzelt Hühner und Gänse und den alten struppigen Peppo an einer Eisenkette. Mitten im Hühnerhof steht das Plumpsklo, neuerdings ohne Dach. Sofort muss ich mir vorstellen, wie Großvater bei Regen mit seiner Zeitung in den Händen unter freiem Himmel auf dem Pott sitzt. Hinter dem Hof erstreckt sich das Maisfeld der Józsis von nebenan und darüber der fahle, flache Horizont.

Ich sehe Großmutter vor mir, wie sie in dem immer gleichen geblümten Kittelschurz im Hof steht und Maiskörner aus ihrer Schürze auf den Boden verstreut, während die Hühner aufgeregt und sich gegenseitig schubsend zwischen ihren Beinen hin und her rennen. Wie sie ihre schwarzumränderte, dicke Brille aufsetzt und mit einem Messer die regenbogenfarbenen Schuppen von den Fischen schabt, die Großvater an der Theiß gefangen hat, um sie dann später in Mehl zu wenden und für uns zu braten.

Träumst du?

Ja. Sie fehlt mir.

Mir auch.

Was wird jetzt aus Tata und dem Hof?

Ich fürchte, er muss über kurz oder lang in ein Heim.

Tata? Das können wir doch nicht machen. Da geht er doch ein.

Und hier verwildert er, ohne Mamika, wie du siehst.

Können wir ihn nicht mit nach Deutschland nehmen?

Deinen Tata in der Großstadt, kannst du dir das vorstellen?

Nein. Und Onkel Juri? Sind doch nur 30 Kilometer.

Wir werden sehen. Wir werden sehen. Vielleicht, wenn einer von beiden seinen Stolz hinunterschlucken kann.

Großvater ist fertig und beäugt misstrauisch die neuen Hemden, die Mutter mitgebracht hat.

Na, fühlst du dich nicht viel wohler jetzt, Tata?

Nein. Vorher habe ich mich wohlgefühlt in meiner Haut. Das hat nach mir gerochen. Jetzt fühle ich mich ganz nackig.

Komm, Tata, du hast noch eine Partie zu verlieren.

Tata grinst, er gießt uns beiden einen Schnaps ein. Wir trinken. Mir wird warm im Bauch. Auf unsere Mamika, flüstert Tata, damit Mutter im Hof uns nicht hört, und gießt uns noch einen ein. Wir trinken, und die Schachfiguren schauen mich schon ganz freundlich an.

Wir sind im Endspiel. Ich glaube mich klar im Vorteil: König, Königin, ein Läufer und zwei Bauern. Tata, hellwach, hat nur noch seinen König, einen Turm und einen Bauern, den er aber zielstrebig auf das letzte Feld vorantreibt.

Tata, warum sprecht ihr nicht mehr miteinander, Onkel Juri und du?

Großvater tut, als hätte er mich nicht gehört. Er tauscht seinen Bauern gegen die schwarze Königin.

Hat es etwas mit Großmutters Spuken im Schlafzimmer zu tun?

Mutter kommt mit einem Strauß Nelken aus Großmutters Garten und setzt sich zu uns.

Ich will jetzt zu Mamikas Grab gehen.

Abbitte leisten, sagt Großvater und furcht die Brauen, genauso wie Mutter. Mutter presst die Ellbogen in ihre Seite. Dann kannst du ja gleich mitkommen und das Gleiche tun.

Kann mir mal einer sagen, was hier eigentlich los ist?

Großvater furcht immer noch die Brauen und schaut auf seine Schuhspitzen.

Versoffen hat er sie. Die neuen weißen Lackschuhe, die Onkel Juri Mutter zur Beerdigung gekauft hatte. Weil er mal wieder auf dem Trockenen saß.

Tata, wie konntest du nur?

Mamika war gerade gestorben.

Und dein Onkel Juri hatte dann auch nichts Besseres zu tun, als Mamika aus Trotz schuhlos ins Grab zu legen. So dass sie jetzt barfuß durchs Jenseits watet. Oder auf der Suche nach ihren Schuhen nachts durchs Schlafzimmer spukt.

Ja, ja. Wärst du doch zur Beerdigung gekommen.

Ja, wäre ich bloß, euch Kindsköpfe kann man ja nicht allein lassen. Mutter gießt sich einen Schnaps ein und trinkt ihn auf ex. Matt, sage ich zu Großvater.

Nein, sagt er. Patt.

Nils Mohl

Igel und Hase
Echte Menschen, echte Tiere #054

I.

In N. attackiert im Februar ein Mann (27) einen Jungen (15) mit einem Igel. Freiberufler S. (Fitnesscenter-Trainer mit Lizenz) und Schüler T. treffen an einem Dienstag gegen 15 Uhr aufeinander: S. (Bandana, Schnauzbart, breites Kreuz) versucht gerade im Garten vor seinem Haus ein erst flüchtendes und sich dann zusammenrollendes Stacheltier zum »Hacky Sack«-Spielen zu benutzen.

Der Teenager (Rastazöpfe, Lippenherpes, leptosome Statur) bleibt am hüfthohen Zaun vor dem Grundstück von S. stehen, woraufhin S. (»Zecke, zieh Leine!«) sofort verbal beleidigend wird. Was T. jedoch nicht davon abhält, vorerst auszuharren, S. sogar noch um eine Auskunft (»Ist das ein Igel?«) anzugehen; der Mann bückt sich schon im nächsten Moment ohne weitere Vorwarnung nach dem etwa faustgroßen Säuger zu seinen Füßen, packt diesen und setzt zum Wurf auf T. an.

Die eine Hand des Fitnesstrainers schnellt dabei hinter seinen Kopf, der Ellbogen weist himmelwärts, während S. mit gebleckten Zähnen den Körper verwringt, indem er die Schulterachse nahezu rechtwinklig nach hinten und zugleich die Beckenachse parallel zu T. dreht, der selbst – beeindruckt womöglich von der Wendigkeit des athletischen Mannes – einfach nur dasteht, mehr apathisch als staunend nun zusehend, wie S. Wurfarm und Schulter sogleich wieder nach vorn bringt und so die Verwringung des Körpers auflöst.

Die Hand öffnet sich, nachdem sie S.' Ohr passiert hat, liegt zum Höhepunkt des Beschleunigungsprozesses flach hinter dem Igel, was für eine geringe Rotation des Wurfobjekts sorgt, als dieses, einen flachen Bogen beschreibend sowie einen sich mit hoher Geschwindigkeit von S. wegbewegenden Schattenfleck auf den akkurat gestutzten Rasen zeichnend, auf sein Ziel zuschießt.

Mit rund 55 km/h saust das ansonsten in erster Linie terrestrische (vulgo: bodenlebende) Tier aus etwa fünf Metern Entfernung durch die Luft heran, trifft den Jungen, der – womöglich noch den Nachhall der eigenen Worte (»Ist das ein Igel?«) im Gehörgang – sich nicht mehr ducken, nur noch den Kopf Zentimeter zur Seite wenden kann, im Gesicht; mit dem Ergebnis, dass nach dem Aufprall zum einen vier kleinere Stichwunden die Wange des Teenagers zieren (plus einiger, sich im Laufe der Zeit noch auswachsender roter Quaddeln) und zum anderen der nur ein paar Hundert Gramm schwere Igel leblos zu Boden fällt, wo er mit einem dumpfen Nasses-Handtuch-klatscht-auf-eine-Fitnesscenter-Umkleideraumbank-Geräusch aufschlägt, noch ein Stück weit, begleitet jetzt von einem Kratzton, der stark an über Schotter wehendes, trockenes Laub erinnert, über die Gehwegplatten schliddert und am Ende rücklings, die schwarzen Knopfaugen und Mund weit offen, Blut (ein herpespustelgroßer, clownsnasenroter Klecks) an der Schnauze, liegen bleibt.

Die alarmierte Polizei nimmt S. wenig später fest und das zweifelsfrei tote Tier als Beweisstück mit. Was eine überregionale Tageszeitung am Mittwoch hinreißt zu der Schlagzeile: »Nehmen Sie die Hände hoch – und treten Sie von dem Igel zurück.«

So jedenfalls berichtet es, schwer erheitert, dein Klassenkamerad und Intimfeind Drei-G. (11), Großmaul, Gangführer, Gesinnungsquälgeist, der den Fall, welcher sich am anderen Ende der Erde zuträgt, in deine Richtung u. a. so kommentiert:

»Hacky Sack sucks!«

»Einmal benutzt, gleich kaputt: Insektenfresser sind echt miese Waffen.«

»Hey, Spast, wann haben wir dir eigentlich zuletzt was an den Kopf geworfen?«

Du, dem Igel im Grunde egal, wenn auch nicht grundsätzlich unsympathisch sind – Einzelgänger, die außerhalb der Paarungszeit Artgenossen in der Regel aggressiv begegnen, erscheinen dir verhaltenstechnisch zumindest interessant –, schraubst an einer imaginären Kurbel drehend den Mittelfinger aus der geballten Faust und sagst Drei-G., dessen Vasallen dich hiernach, wie schon so oft, kopfüber in einem der Gittermülleimer auf dem Schulhof bugsieren, du würdest ihm zu gerne mal, gerne auch mehrmals, gerne auf der Stelle ein mit mehreren Tausend Stacheln besetztes Lebewesen ins Gesicht pfeffern, Minimum mit 88 km/h; was den seit Jahren schwelenden, im Grund anlasslosen, eher traditionellen Konflikt zwischen Drei-G und dir noch einmal befeuert, gleichwohl er final erst ausartet, als wiederum in N. und ebenfalls noch im Februar, ein Mann (53) einen Hasen als Waffe benutzt, exakt zehn Tage nach dem Igel-Vorfall, an einem Freitag.

II.

Der alkoholkranke B. (nach eigenen Angaben umgeben von Tieren auf dem Land aufgewachsen), hat den schlappohrigen Wiederkäuer namens Larry 72 Stunden zuvor als Geschenk von seinem Bekannten J. (61) erhalten, dem der Ramsnasige seinerseits gerade eben erst zugefallen ist: durch das Ableben von J.s Mutter K. (84).

B. nimmt den Quadrupeden, bei dem es sich genau genommen nicht um einen Hasen, sondern um ein Widderkaninchen handelt (eine Tatsache, die Drei-G geradezu entzückt, weil seine Schwester A. (17) ein ebensolches besitzt, Farbschlag: reinschwarz, und er, Drei-G, sich deshalb, wie er mit unverhohlenem Stolz herausstreicht, bestens vertraut weiß mit Haltung und Pflege dieser Sorte Nager) – B. also nimmt den wohl genährten Vierbeiner in einer Pappschachtel (ursprünglicher Inhalt: kunstlederne Herrenhalbschuhe der Größe 10?) mit perforiertem Deckel entgegen, in dessen unterem Teil (»Kein Geld für einen Käfig!«) Larry vorübergehend in B.s Sozialwohnung seinen Schlafplatz findet, da B. für Larrys Gartenstall, der natürlich auch Teil der Erbmasse gewesen ist, ohnehin keinen Platz in seinen bescheidenen vier Wänden gefunden hätte, ganz abgesehen davon, dass die bisherige Unterbringung Larrys durch B.s Bekannten J. bereits in dringend benötigtes Bares umgemünzt werden konnte.

B. polstert den Karton mit Rasen aus, den er auf einer städtischen Grünfläche (»Kein Geld für Einstreu!«) rupft, füttert den neuen Mitbewohner (»Kein Geld für Tierfutter!«) mit Essensabfällen, striegelt mit einem Plastikkamm, den er immer mit sich führt, das ins Gelbliche spielende, weiße Fell des Kaninchens – auch am fraglichen Freitagmorgen, als Larry im Rahmen eben dieser Prozedur durch die (ein folgenschweres Versehen) offen stehende Wohnungstür entwischt und B.s Vermieter praktisch direkt vor die Füße hoppelt. B., ohnehin schon säumig bei der Miete, droht damit der Rauswurf: Haustierhaltung stellt, der Vertrag spricht an dieser Stelle eine eindeutige Sprache, einen triftigen Grund zur sofortigen Kündigung dar.

B. macht sich deshalb mit Larry auf zum stillgelegten Güterbahnhof, wo er das Pelztier aussetzen will. Pulsierender Schmerz und hohes Fieber, hervorgerufen durch eine bakterielle Infektion – ein Zahnabszess, der Schmelz hat sich bereits grau verfärbt, die eine Gesichtshälfte (»Kein Geld für eine Behandlung!«) ist angeschwollen –, plagen den Landwirtssohn und ehemaligen Hilfsarbeiter der Sanitärbranche, als er bei der Ankunft vor Ort wieder auf J. trifft, gemeinsam mit diesem (»Kein Geld für Cognac!«) eine Flasche Brennspiritus konsumiert, um anschließend mit dem Widderkaninchen, das er nun doch nicht zurücklassen mag, auch weil er den Sohn von

Larrys Vorbesitzerin gegenüber äußert, er habe den Schlappohrigen nur dabei, um ihm Bewegung zu verschaffen, weiter in die Innenstadt zu ziehen.

Dort angekommen, holt B. das zappelige Tier im Eingangsbereich einer Ladenpassage (5 Etagen, 120 Geschäfte, Slogan: »Das Shopping-Juwel im Herzen der City«) aus seinem Versteck unter der Kleidung hervor, hält es an den Wurzeln der abgerundeten, fleischigen Ohren gepackt und schlägt es mehreren Passanten ins Gesicht. Die Keule wiegt bei einer Länge von ziemlich genau 80 cm (45 cm Körperlänge plus 35 cm Ohrenspannweite) rund fünf Kilo, verletzt aber keines der Opfer ernstlich; lässt jedoch B., der sich bald von zahlreichen Schaulustigen umringt sieht, dafür schnell aus der Puste kommen, weshalb er am Ende Larry nur noch hoch über seinen Kopf in die Luft reckt, um den Umstehenden dabei – wohl wissend, dass der Satz faktisch falsch ist – wiederholt zuzurufen: »Das ist ein Hase! Das ist ein Hase!«, bis eine Polizeistreife, von dem sich sträubenden 53-Jährigen bei der Ankunft bespuckt, das Kaninchen (durch die Vorfälle gestresst, aber offenkundig physisch unbeschadet) in ihre Obhut und B. in Gewahrsam nehmen kann. Drei-G:

»Ein Eitersäckchen im Zahnfleischgewebe – stinkt wie Hölle und schmeckt wie Kotze, wenn es platzt! Und sieht aus wie du, Spast!«

»Fünf Kilo, Mann. Wenn der kaputte Alki damit richtig losgedroschen hätte, wären die Leute mit einer Gehirnerschütterung auf jeden Fall noch gut bedient gewesen!«

»Hase sticht Igel, da kannst du ein Stacheltier so hart werfen wie du willst.«

III.

Die Bäume stehen nackt, du siehst die verlassenen Vogelnester, ein Windstoß rüttelt an dir, wirbelt Laub auf. Ein früher Oktobermorgen, dessen Helligkeit die Kraft fehlt, um Flora und Fauna Schatten zu geben. Das unbebaute, von Unkraut überwucherte Grundstück hinter der Schule: Du bist da. In der Hand eine Plastiktragetasche (Aufdruck: »Wahrer Luxus muss nicht teuer sein!« – dazu das Logo eines Parfum-Discounters), wartest du seit gut einer Viertelstunde auf Drei-G, dem du diese Verabredung nach Monaten – und das immerhin unter den Augen seiner Knappen – endlich hast abringen können; aus der Tüte, in der sich alles befindet, was du für euer Aufeinandertreffen heute brauchst, steigt ein ranziger, urinöser Duft auf, derweil deine Unruhe zunimmt; ein Zustand, der sich letztlich in einer ganzen Reihe von Fragen (des bohrenden Typs) kristallisiert, die sich in deinem Kopf mit Verve duellieren:

Ob Drei-G seine Schwester vielleicht doch nicht hat überlisten können?

Ob du Sieger oder Verlierer bist, wenn man dich einfach versetzen sollte?

Ob die moralische Empörung, die du plötzlich empfindest, weil dir (wie es dir vorkommt) aus heiterem Himmel das Wort Tierquälerei unter deinem Scheitel herumspukt, nicht seltsam ist, wenn man bedenkt, dass über die (»lustigen«) Nachrichten aus N. zig Zeitungsmacher, ja, buchstäblich die ganze Welt gelacht hat? (Gelacht!)

Auf die Idee, dass sich dein Intimfeind auch von hinten anschleichen könnte, kommst du erst spät. Und das erschreckt dich dann fast am meisten. Ja, erschreckt es dich? Oder ist es nicht viel mehr so (Hand aufs Herz), dass es dich sogar amüsiert …

Arkadiusz Protasiuk

Ganz schön viel Nebel, denkt Arkadiusz Protasiuk. In der Kabine singen sie gerade das Lied vom alten Maciej, der auf den Tischen tanzte. Wir weichen aus nach Minsk, Herr Präsident. Noch ist Polen nicht verloren, sagt das Männchen mit den roten Bäckchen und verschlingt einen Salzhering. Arkadiusz Protasiuk kontrolliert den Luftdruckmesser. Wir landen, sagt General Blasik und kippt sein Gläschen. Der Präsident salutiert und kitzelt die Blondine, die ihm um den Hals hängt. Meine Herren, ruft er und schließt hinter sich die Kabinentür. Tupolew 154M an Smolensk, sagt Arkadiusz Protasiuk. Erbitten Landeerlaubnis. Smolensk an Tupolew 154M: Landeerlaubnis erteilt.

Arkadiusz Protasiuk gibt sich Mühe. Ich gebe mir Mühe, denkt Arkadiusz Protasiuk. Arkadiusz Protasiuk hat sich stets Mühe gegeben, sagen seine Freunde von der Pilotenschule. Arkadiusz Protasiuk, der hat sich zumindest immer Mühe gegeben, sagen die Vorgesetzten von Arkadiusz Protasiuk. Vor jeder neuen Aufgabe sagte Arkadiusz Protasiuk zu sich selbst: Gib dir Mühe! Und das hat Arkadiusz Protasiuk auch stets getan. Arkadiusz Protasiuk ist einer, der sich Mühe gibt. Denkt Arkadiusz Protasiuk, als der linke Flügel die erste Baumkrone streift.

Arkadiusz saugt an einer Birne im Obstgarten hinter dem Haus. Großvater, sagt er. Wo liegst du begraben? Die Wespen, die um das Obst im Gras kreisen, stören ihn nicht. Nichts stört ihn hier, nicht der Anblick der halb zerfallenen Scheune, nicht der Geruch nach Gülle, der von den Äckern herüber weht. Arkadiusz fühlt sich wohl, hier im Obstgarten. Er legt sich ins Gras und schaut einem mikroskopisch kleinen Flugzeug nach.

Protasiuk? Hier! Protasiuk, vortreten! Arkadiusz Protasiuk meldet sich zum Dienst. Protasiuk, sind Sie bereit? Immer bereit, ruft Arkadiusz Protasiuk. Protasiuk, Sie sind unser Mann. Arkadiusz Protasiuk meldet sich zur Stelle. Protasiuk, sind Sie anwesend? Arkadiusz Protasiuk meldet sich anwesend! Protasiuk? Jawohl! Protasiuk, Sie sind unser ganzer Stolz! Hier Arkadiusz Protasiuk, erbitte Starterlaubnis! Protasiuk, Starterlaubnis erteilt!

Arkadiusz, ich liebe dich. Mich hat noch nie jemand geliebt, sagt Arkadiusz. Kämme mir die Haare, Arkadiusz! So schöne blonde Haare, sagt Arkadiusz. Nur für dich, Arkadiusz. Und wie sie riechen, sagt Arkadiusz. Nach jungen Birken. Als Kind habe ich stundenlang auf der Wiese hinter unserem Haus gespielt. Unsere Kinder, Arkadiusz, werden auch auf einer Wiese spielen. Sie werden deine polnischen Haare haben, sagt Arkadiusz. Und sie werden deinen polnischen Mut haben, Arkadiusz. Meinen Mut, sagt Arkadiusz, schenke ich nur dir.

Arkadiusz hat Kartoffeln, Zwiebeln, Quark und Coca Cola gekauft. In der Wohnung riecht es nach Blumenkohl und ausgekochtem Huhn. Mutter küsst ihren Arkadiusz auf die Wange und erinnert ihn ans Händewaschen. Sie tischt eine dampfende Schüssel auf und gießt zwei Gläser mit dem braunen Getränk ein. Arkadiusz, mein Liebling, ich habe die Zwiebelchen nur ganz kurz angebraten, so wie du es magst. Du bist die beste, Mamusiu, sagt Arkadiusz. Er löffelt Suppe und steckt große Stücke Brot in den Mund. Später kocht er Kaffeechen und erzählt von seinem letzten Flug nach Nowogrod. Arkadiuszku! Mamusia ist so stolz auf dich.

Mateusz, hierher, ruft Arkadiusz. Der gute Dackel steckt seinen Kopf aus dem Gebüsch, schaut nach links und nach rechts. Arkadiusz folgt ihm raschelnd ins Unterholz. Was du schon wieder gefunden hast! Der Dackel beschnuppert das längliche Metallding, das aus der feuchten Erde ragt. Er bellt einmal pflichtbewusst. Das stammt sicher noch von den Russen, sagt Arkadiusz. Wir müssen das der entsprechenden Behörde melden. Der Dackel wedelt mit dem Schwanz, bellt noch einmal. Du wirst bestimmt beim Präsidenten eingeladen, sagt Arkadiusz und klopft gegen besiegten russischen Stahl.

Eine Wyborcza und eine Schachtel Spike, sagt Arkadiusz. Aber Arkadiusz. Ich dachte, Sie rauchen nicht! Ich rauche auch nicht, sagt Arkadiusz. Ist für meinen Vater, er liegt im Krankenhaus. Sie sind ein guter Sohn, Arkadiusz. Man tut was man kann, sagt Arkadiusz. Manche können nicht so viel, Arkadiusz. Sie wollen vielleicht nicht, sagt Arkadiusz. Wollen muss man aber erst mal können, Arkadiusz. Das stimmt, sagt Arkadiusz und nickt. Das stimmt.

Hier habt ihr ein Fläschchen, sagt Arkadiusz. Die Männer auf dem Mäuerchen rutschen zusammen. Auch ein Schlückchen?, fragt man ihn. Nicht so früh am Morgen, sagt er. Der Pole ist kein Kaktus, sagt ein jüngerer ohne Zähne. Er muss trinken! Arkadiusz schiebt den Einkaufswagen in die Reihe zurück. Der Pole ist frei, sagt er. Wenn er nicht trinken will, dann trinkt er nicht. Die ganze Freiheit hat uns bisher noch nicht so viel gebracht, sagt ein älterer mit getönter Hornbrille. Zeig mir heute jemanden, der noch keinen Fernseher und kein Telefon hat, ruft der junge. Freiheit, sagt Arkadiusz, beginnt im Herzen und geht über in den Arm. Also, meinen Fernseher hat meine Alte mitgenommen, sagt der Alte mit der Brille. Das tut mir sehr leid, sagt Arkadiusz. Ich hätte noch einen ganz alten in meinem Keller, wenn Sie ihn wollen?

An den toten Fisch in seinem Schulranzen erinnert Arkadiusz sich gut. Ein Hecht, hat der schöne Jarek Strzelecki gesagt und gelacht. Arkadiusz sieht die milchigen Augen noch manchmal in seinen Träumen. Und wenn er am großen See in Turawa hinter einer Imbissbude vorbeispaziert, dann hat er den Geruch seiner Schulhefte in der Nase und die schöne Asia Hechelska kichert in der ersten Reihe und Frau Sroka wirft ihm mit tadelndem Blick die Rechenübungen auf das Pult zurück. Bei Protasiuks gibt's immer nur Fisch zu essen, ruft Wojtek Bazan aus der letzten Reihe. Das stimmt gar nicht, ruft Arkadiusz zurück. Jetzt wird er gleich weinen, sagt der schöne Jarek Strzelecki und lacht.

Herr Wawel hatte Arkadiuszs Aufmerksamkeit sicher. Zuerst kamen die Schweden und haben unsere Piasten abgeschlachtet, dann kamen die Österreicher nach Kraków und die Preußen nach Gdańsk. Später besetzten abwechselnd die Deutschen und die Russen Warszawa, aber wir haben uns immer gewehrt. Arkadiusz stellte in seinem Zimmer die 6. berittene Division auf und ließ sie mit Säbeln gegen die russischen Tanks reiten. Und wenn er die langen, goldschimmernden Haare von Asia Hechelska in der ersten Reihe ansah, dann sah er die Birken-und Kiefernwäldchen an der Ostsee, und er roch die Sommerferien-Felder hinter dem Haus seiner Großeltern. Er dachte dann auch an den Marsch von General Jan Henryk Dąbrowski von Italien nach Warschau im Jahr 1794 und hörte sogar das Schnauben der Pferde und das Klirren des Reitgeschirrs.

Arkadiusz Protasiuk, werden Sie der gemeinsamen Sache dienen? Ich, Arkadiusz Protasiuk, werde mit meinem Herzen und meiner Hand für das freie Polen eintreten. Arkadiusz Protasiuk, werden Sie die Liebe über alles stellen? Ich, Arkadiusz Protasiuk, werde die Liebe verteidigen, wo immer in der Welt das nötig ist. Arkadiusz Protasiuk, werden Sie Chopin und Sienkiewicz verehren? Ich, Arkadiusz Protasiuk, werde die Nocturnes und den Potop über alles stellen und werde einmal im Jahr am Grabhügel von Kościuszko niederknien. Arkadiusz Protasiuk, werden Sie der Rzeczpospolita Polen Kinder schenken? Ich, Arkadiusz Protasiuk, werde für eine freie Zukunft in Prosperität und Glück einstehen. Ich werde, wo immer es nötig sein wird, die Schwachen schützen, so wahr ich Arkadiusz Protasiuk heiße. Dies und alles andere gelobe ich feierlich. Arkadiusz Protasiuk, treten Sie in die Reihe zurück!

Ganz schön viel Nebel, denkt Arkadiusz Protasiuk. In der Kabine singen sie gerade das Lied vom alten Maciej, der auf den Tischen tanzte. Wir weichen aus nach Minsk, Herr Präsident. Noch ist Polen nicht verloren, sagt das Männchen mit den roten Bäckchen und verschlingt einen Salzhering. Arkadiusz Protasiuk kontrolliert den Luftdruckmesser. Wir landen, sagt General Blasik und kippt sein Gläschen. Der Präsident salutiert und kitzelt die Blondine, die ihm um den Hals hängt. Meine Herren, ruft er und schließt hinter sich die Kabinentür. Tupolew 154M an Smolensk, sagt Arkadiusz Protasiuk. Erbitten Landeerlaubnis. Smolensk an Tupolew 154M: Landeerlaubnis erteilt.

Susanne Neuffer

Minna von Barnhelm war blau

Vor dem Restaurant schoben sich die Eisschollen im Stadtparksee hin und her. Drinnen wurden die Vorspeisenteller klirrend auf die Platzteller gesetzt. Es war schon die Zeit für vollständige Mahlzeiten, keine Zeit für Flüchtiges. Wir aber sollten ja gleich aufbrechen nach Norden.

Alle saßen schon vor leeren Milchkaffeeschüsseln in der verglasten Veranda, als ich dazukam. Ich stellte den kleinen Koffer an die Seite und verbarg den Umschlag tiefer in der Manteltasche. Sie waren bei der Zimmerverteilung. Etwas war schief gegangen, es gab zwei Häuser für uns alle, das eine würde für die beiden Paare, Hilde und Tom und Konrad und seine neue Frau, gut ausreichen, das andere war kleiner als geplant, zu klein für die drei Einzelnen und das Mädchen. Jemand würde im Wohnzimmer auf der Couch schlafen müssen. Ich nicht, sagte das Mädchen, die einzige junge unter uns, und natürlich hatten wir sie sofort angesehen mit dem Blick, der sagte: Du bist jung, dir macht das nichts aus. Sie war etwa fünfzehn, und vermutlich nahmen es alle Karla übel, dass sie keine andere Lösung gefunden hatte, als sie mitzunehmen. Sie wollte also bei Karla im Zimmer schlafen. Wahrscheinlich dachte sie, sie könnte ihre Mutter dann besser unter Kontrolle haben. Immerhin war Fenech dabei, der einzige, der vielleicht in Frage kommen könnte, seit Anders tot war und Karla, seine späte neue Liebe, in unserem Kreis hängengeblieben war.

Dies war ein Versuch. Im Prinzip waren wir vertraut miteinander, hatten Feste gefeiert, einige waren schon einmal miteinander in Urlaub gefahren. In diesem Jahr war Silvester nicht zustande gekommen, es hatte zu viele Umschichtungen, Einbrüche, Krankheiten gegeben. Die neue Unordnung hatte sich nicht in den vertrauten Ablauf integrieren lassen. Aber alle waren dafür gewesen, nun ein paar Tage ganz oben im Norden zu verbringen. Ich nehme die Couch, sagte ich schnell und dachte dabei an das alte Hotel am Ende der Straße, und während der ganzen Fahrt über die langsamen, breiten dänischen Autobahnen dachte ich an das Hotel und die Begründungen, die ich brauchen würde, um nach der ersten Nacht überzuwechseln in Stille und Behaglichkeit. Der Rücken, ein verfrühtes Schlafbedürfnis, die Essensgerüche, Schlafstörungen überhaupt: all das würde ich vorsichtig beim Frühstück vorbringen.

Es war dunkel, als wir ankamen, und unsere Häuser lagen weit ab der Siedlung, rechts von der langen Dorfstraße, die sich und die Autos am Ende übergangslos an den Strand kippte.

Halt mal an, sagte ich zu Fenech, der die ganze Strecke schweigend gefahren war. Warte. Ich will an meinen Koffer. Er hielt an und ließ mich aussteigen. Ich komme später nach, sagte ich, oder morgen früh.

Es war in Ordnung, dass ich in der Geborgenheit des Hotels schlief, unter einem Federbett und zwei Wolldecken in einem grünen Zimmer. Auf dem Fensterbrett stand ein Lämpchen, das Trost nach draußen strahlte, zusammen mit anderen kleinen Lämpchen in den Häusern am Ende der Straße und den zwei alten Laternen im Hof.

Es war auch in Ordnung, dass ich dort auch frühstückte, eine ganze Kanne Kaffee trank und Paare beobachtete, Paare und Familien, ein unerschöpfliches Schauspiel, zarte Männer und kraftvolle Frauen und wenige, störrische Kinder. An den Garderobenständern hingen knallfarbige Anoraks. Sie waren schon draußen gewesen, die Tüchtigen, am Strand, im Wind, sie hatten sich Eier und Kaffee und Hering verdient.

Der Frühstücksraum war grün wie mein Zimmer, grün tapeziert wie das Hotel Hamlet in Helsingör, grün wie das erste dänische Café meiner Kindheit kurz hinter der Grenze, wo der Kaffee zum Erstaunen meiner Eltern nie ausgegangen war.

Der Frühstücksraum war eine Gemeinschaftsarbeit von Ibsen & Strindberg, dicke Vorhänge, Kissen, Glasschränke. Ich dachte mir eine reisende Theatertruppe, die ich zwischen den Tischen und den Sideboards aus Eichenholz spielen lassen würde: Nora, wie sie zwischen den Frühstücksgästen herumschäkerte oder Andersens Leben, gefällig dramatisiert beim Brunch. Quälende Dialoge, raschelnde Kleider und ein erster Duft nach Bratensoße aus der Küche.

Ich zog den Mantel an, fühlte den Umschlag mit den Fotos darin, ging hinaus, spürte die Kälte zuschlagen, ging hinüber in die Ferienhaussiedlung, fand den Bogfinkvej, sah die Autos vor den Häusern stehen, ging auf das größere Haus zu.

Das Außenlicht brannte nicht, aber sie waren da, saßen noch beim Frühstück. Sie stellten mir einen Becher Kaffee hin und wollten wissen, warum ich im Hotel wohnte. Na, du altes Einzelkind, sagte Tom. Ich sagte, sie sollten sich keine Sorgen machen, ich würde meinen vereinbarten Anteil zahlen und außerdem bis zum Schlafengehen durchaus hier mit ihnen herumhängen und mich am Gemeinschaftsleben beteiligen.

Warum lasst ihr das Außenlicht nicht an?, fragte ich. Die Dänen machen das. Es zeigt, dass man zu Hause ist. Falls jemand sich im Schneesturm verirrt.

Sie hatten aber eher ans Energiesparen gedacht.

Der Strand war fast leer, als wir zu laufen begannen, es gab keinen Schneesturm, nur Sandstürme, kleine, flache Sandstürme, die sich plötzlich erhoben, als wäre Gottes Gegenwart angebrochen, als wäre Gott ein riesiges Sprungtuch, das uns entgegenflatterte. Ich drehte mich um und überlegte, zu wem ich das wohl sagen konnte, denn ich fand den Gedanken schön, Gott. Sprungtuch, aufgebläht und wirbelnd im Sandsturm, aber ich ließ es sein, ich hatte das Gefühl, mich schon zu weit entfernt zu haben.

Kleine Autos kamen aus der Ferne herangefahren, rasten über den Strand; weil der Wind so laut war, hörte man sie nicht, man roch sie auch nicht, sie waren nur da, schrottig, alt, bunt, fuhren durchs Wasser, parkten an der äußersten Wasserkante.

Hilde und Tom waren sich einig, dass das nicht sein durfte. Man fuhr nicht im Auto an den Strand. Man ließ auch nicht das Außenlicht am Ferienhaus brennen.

Karlas Tochter sah den alten Autos neidisch nach und fror noch demonstrativer. Fenech gab ihr seinen Schal, was Karla zu ärgern schien.

Es war sinnlos, sich über Fenech Gedanken zu machen. Er sah nur so aus wie ein wandelndes Geheimnis, er war zwar bei der Mordkommission, aber er wurde nie angerufen, wenn er mit uns zusammen war, vielleicht hatte er nur alte Fälle zu bearbeiten; er war einfach still und höflich, fürsorglich und ein bisschen langweilig, aber da er ein einzelner Mann war, zog er doch einen etwas verknitterten Mythos hinter sich her.

Im Mittagslicht sahen sie alle schön aus vor dem Meer, aus dem Abstand fast unkenntlich, tapfer gegen den Wind, ein wenig jenseitig wie in einem strengen französischen Film.

Irgendwann liefen wir alle auseinander, als hätte der Wind uns voneinander weggeblasen.

Ich setzte mich an die Rückwand der blau gestrichenen Kaffeebude, die anmaßend Polarkiosken hieß und wo es ein wenig windstill war, und holte den Umschlag aus der Tasche. Ich hatte es wieder getan, und auch diesmal war es einfach gewesen. Ich sagte an der Kasse: Ach, ich habe den Abschnitt mit der Nummer nicht dabei, aber das sind meine Bilder. Und dann wiederholte ich den Namen und die Adresse vom Umschlag mit großer Sicherheit und sah der Kassiererin direkt in die Augen, es klappte, und ich hatte eine ganze Tüte voller Bilder, die mir nicht gehörten. Es ging natürlich in jeder Drogerie nur einmal.

Es war ein Umschlag mit Fotos, die sich von Weihnachten

über Ostern bis in den Herbst zogen. Alte Leute mit Enkelkindern, nackte Büsche im Garten, aus denen Osternester blinkten, ein junges Paar, das sich offensichtlich dauernd gegenseitig fotografiert hatte, ein leeres Wohnzimmer, ein Blick aus einem oberen Stockwerk auf eine Wohnsiedlung. Wie schon häufig war ich nur halb gesättigt, ein bisschen enttäuscht. Das war das Leben, und war es doch nicht. Keine Leiche, kein Sex, keine Geburt, kein Augenblick der Entscheidung. Die Leute sind harmloser, als man erwarten sollte. Ich steckte die Fotos wieder ein. Es war ein unmoralisches Vergnügen und durch nichts zu rechtfertigen. Nur ein privates Laster. Vielleicht sollte ich selber etwas fotografieren, diese Quallen zum Beispiel, die in allen Farben und Größen wie die Augen sterbender Katzen am Strand herumlagen.

Es wurde noch kälter, die Sonne zerfloss grell im Wasser und es dämmerte. Ich erinnerte mich, dass wir uns zum Essen verabredet hatten. Die Dorfstraße war schon leer, in einige Wohnzimmer und Küchen konnte man hineinsehen, im Eckhaus neben dem kleinen Supermarkt saßen schön anzusehende alte Leute und erhoben gerade ihre Gläser, als hätte sie ein Regisseur gebeten, genau das für mich zu tun, um meine Tränenfestigkeit zu erproben.

Im Imbiss der beiden alten Schwestern neben der Post gab es Kerzen und frische Blumen, auf der Speisekarte standen zwei Sorten Hamburger, Fish & Chips und Würstchen und dicke Kartoffelsalate. Wir aßen langsam und mit großer Sorgfalt, um der Schönheit des Lokals gerecht zu werden.

Irgendwann hatte ein Gespräch über Schlaf und Träume begonnen. Wir hatten schon die anderen Themen durch, Ölsorten und Wein und Ferienhäuser und Älterwerden kurz gestreift, jemand hatte über die Notwendigkeit eines neuen Kommunitarismus gesprochen – mit weniger Emphase als um die Jahrtausendwende, als das Thema noch frisch gewesen war und der Name Amitai Etzioni allen wie ein guter mittelschwerer Wein über die Zunge rollte.

Ich träume immer so einen Scheiß, sagte Fenech und strich mit seinem Brötchen die Ketchupreste auf dem Teller zusammen. Ich komme immer zu spät, ich muss Züge und Schiffe erreichen, und ich verirre mich in Stadtteilen, die mir fremd sind und die ich doch eigentlich kennen müsste.

Er verstummte und trank sein Bier aus.

Alle schienen Ähnliches zu träumen, bis auf Karla und ihre Tochter, die angewidert schwieg. Man arbeitete sich schnell durch bis zu einer plausiblen Theorie: es kam von den Fluchtgeschichten der Nachkriegszeit. Die Eltern und Tanten hatte aus der Mythenbrühe geschöpft und in unseren Kinderköpfen Bilder erzeugt von endlosen Trecks, überfüllten Zügen, verpassten Treffpunkten. Und es war völlig egal, ob jemand diese Geschichten erlebt oder sie nur weitererzählt hatte, denn die anderen Geschichten konnten sie uns ja nicht erzählen. Wir hatten es alle gehört, hören müssen: wie sie ihr Gepäck zurückließen und sich in die Straßengräben werfen mussten wegen der Tiefflieger. Und sie hatten nur ihre Lesehefte gerettet und ein paar Briefe.

Minna von Barnhelm war blau, sagte ich, um auch etwas beizutragen. Ein blaues Heft mit festem Einband. Ich hätte das Bild zeichnen können: meine Mutter in ihrem engen Kostüm, das ihre Hüften betonte, von aufmerksamen Wehrmachtsoffizieren an eben diesen Hüften gepackt und in den letzten möglichen Zug von Osten nach Westen gedrückt. Und in ihrer kleinen Handtasche die leuchtend blaue Minna von Barnhelm als einzige Verpflegung bis Würzburg.

Die Schwestern stellten uns neue Bierflaschen auf den Tisch, räumten die leeren Teller ab, zündeten neue Kerzen an. Das Gespräch irrte herum, so wie wir in unseren Träumen herumzuirren pflegten.

Man müsste das mal untersuchen, sagte Konrads neue Frau. Dann gibt es also generationsspezifische Träume? Für jede Epoche? Niemand antwortete ihr, weil ihr fast nie jemand antwortete, weil sie immer das sagte, was eigentlich schon alle gedacht hatten, und weil sie Konrads neue Frau war und deshalb nicht so richtig mitzählte. Man darf eben nicht zu spät kommen bei uns, so wie Karla, die soviel jünger ist und deshalb noch diese starrsinnige Tochter mit sich herumschleppt, und auch Konrads neue Frau ist zu spät in diesen Kreis eingedrungen um alle Spielchen und Spielregeln zu verstehen.

Ich musste nach draußen. Ich wollte in mein grünes Hotel, so grün war mein Dänemark, so blau war meine Minna. Ich war auch schon ziemlich blau und hätte nichts dagegen gehabt, mich jetzt an Fenech zu lehnen, nur die Straße entlang bis zum Strand und dann zurück zum Hoteleingang. Schlaf gut, träum gut, Fenech, hätte ich gesagt, keine Morde im Bogfinkvej.

Die beiden Paare redeten weiter, aber Fenech stand schon an der Garderobe und wickelte sich in seinen Mantel und wickelte Karla und dann ihre Tochter in ihre Anoraks und sagte: Ich bringe euch. Und zu mir sagte er: Du hast es ja ganz nah, oder? Ja, sagte ich, ich hab es ganz nah.

Es hat alles seine Ordnung, dachte ich auf dem Rückweg zum Hotel in das Rauschen des Wassers und des Windes vom Strand hinein: Ich bin ein altes Einzelkind, ich habe mich lange und tapfer in Gruppen und Teilfamilien herumgeschlagen, und jetzt darf ich wieder ein Einzelkind sein und die Tür hinter mir zumachen. Ich werde wie immer träumen, dass ich den Zug nach Paris verpasst habe, und dass die Straßenbahnen alle in die falsche Richtung fahren.

Ich ging in mein grünes Hotel und wickelte mich in alle vorhandenen Decken und nahm mir vor, in den nächsten Tagen ein wenig zu fotografieren, eigene Bilder statt der fremden, gestohlenen: die leuchtenden Quallen und den blauen Polarkiosk, blau wie das alte Reclamheft, dessen Inhalt ich als Kind wieder und wieder gelesen, aber niemals verstanden hatte – wo kam der Ring her, wo war er geblieben, was machte der Franzose in dem Stück?

Ich träumte nicht in dieser Nacht, ich schlief tief und ohne Bilder und erwachte früh, ich sah die Laternen ausgehen und den Morgen angehen, ich zog meine Schuhe an und lief hungrig am Strand gegen den Wind, umkreiste die leuchtenden Quallen, beschwor sie, liegen zu bleiben bis zum Mittag, und sah von weitem hinüber zu den beiden letzten Häusern vor den Dünen, wo sie alle noch schliefen. Und ich bewachte ihre Fluchten und Irrwege, bis es Zeit war hinüberzugehen und mit ihnen zu frühstücken.

/watch?v=Rle9aVknnzb&

Da sind nur Klötze. Tausende Klötze, bunt, und glatt an den Rändern. Unruhig zucken sie und ändern ihre Farben im Sekundentakt. Manchmal kollidieren die Klötze, reagieren aufeinander, verlieren sich in Schlieren, wechseln gemeinsam zu einem Grauton über, um gleich darauf zurück in ihren alten Zustand zu verfallen. Jeder Klotz erzählt eine Geschichte, jeder ist ein Mensch, jeder könnte Helen sein. Aber da ist nichts. Auch wenn ein Pixel ohne den anderen nichts wäre, steht er doch allein.

Erst wenn ich zurücktrete und von weiter weg sehe, fügen sich die Klötze zu einem Bild. Dieses Bild ergibt genauso wenig Sinn. Köpfe und Arme und Blumengirlanden und Perücken und Fellhosen und Bauzäune und Polizisten und Mineralwasserflaschen und ein rosa Werbeplakat, Menschen in einem Tunnel, Menschen vor einer schmalen Treppe.

Meine Insektenaugen rasen über den Bildschirm. Tausend Augen für tausend Klötze. Unwichtige Informationen stehen gleichberechtigt neben entscheidenden Informationen. Alle gehören zu diesem Bild, alle muss ich betrachten, um etwas herauszufinden. Dabei weiß ich nicht einmal, was ich hier sehe. Menschen sind dort, so viele Menschen. Das ist der Grund. Zu viele Menschen. Ihre Gesichter sind nicht zu erkennen, ihre Körper nicht, sie sind eine Masse, die sich kaum bewegt. Die einzigen Bewegungen stammen von den Handys, die gewendet und gedreht werden, die plötzlich herabsacken und emporgerissen werden. Jeder von ihnen hielt ein Handy in die Luft. Jeder von ihnen hatte, neben allen anderen Gedanken, diesen einen: das Handy in die Luft halten. Ich verstehe nicht, aus welchem Grund jeder von ihnen so dachte. Aber ich bin dankbar dafür. Sie hielten ihre Handys in die Luft. Und später luden sie diese Videos auf Webseiten. Zugänglich für alle. Alle können zuschauen. Dafür bin ich dankbar.

Es gibt ständig neue Videos und neue Links, neue Hinweise und Kommentare, neue Fotogalerien und neue Diashows, die mit bedrückender Klaviermusik unterlegt sind. Neue Pressekonferenzen werden gestreamt und Gesprächsrunden übertragen, neue Nachrichten finden sich und Reportagen und Chronologien. Ich klicke an, was da ist, ich verbringe den ersten Tag damit und den zweiten und weil die Daten einfach nicht aufhören zu fließen, klicke ich weiter und schaue und suche.

Drei Tage danach sind 1138 Menschen als vermisst gemeldet. Diese Zahl kann nicht stimmen. Niemals können 1138 Menschen vermisst sein. Wie soll das gehen? Wie sollen 1138 Menschen einfach verschwinden? Sie werden vergessen haben sich von der Liste abzumelden, natürlich, ihre Probleme sind andere, als sich von einer Liste abzumelden. Helen wird sich nicht abgemeldet haben. Sie wird ihr Handy nicht benutzen und ihre Mails nicht abrufen. Sie wird rauchend auf dem Balkon ihrer Wohnung stehen. Vielleicht ist sie zu einem Urlaubsort geflogen, um auszuspannen, um soviel Abstand wie möglich zu haben. Das würde ich auch tun. An jeden Ort der Welt fliegen, einfach um zu beweisen, dass es Platz gibt, dass man sich bewegen kann, dass man nicht aufgehalten werden kann. Helen wird bestimmt nicht in einem dieser Videos feststecken. Das wäre absurd.

Im Zimmer ist es ruhig, nur der Lüfter am Computer summt. Seit Tagen summt der Lüfter. Die Lautsprecher sind leise gedreht. Es wären sowieso keine neuen Geräusche, die ich hören könnte. Keine anderen Geräusche als die Trillerpfeifen und die Schreie und im Hintergrund der Bass. Was wäre, wenn ich auch meine Augen schließen könnte? Was müsse ich dann nicht sehen? So viele Videos, die ähnliches zeigen. Diese Stadt ist so groß, sie hätte Raum für alle. Aber ich sehe diese schmale Treppe mit den Graffiti an der Wand. Hauptsächlich sind es Jungen und Männer, die sich aus der Masse herauskämpfen und die Treppenstufen emporsteigen. Sie strecken der Masse ihre Mittelfinger entgegen, einige tanzen, einige trinken Bier. Viele schauen von der Treppe hinab auf die Menge. Manchmal wird ein lebloser Körper zu ihnen herauf gereicht, manchmal greifen sie danach und zerren diesen durch die Geländerstangen. Damit versperren sie den Weg für die, die von unten drängen. Da ist ein Plakat in rosa Farben. Jemand hangelt sich empor und fällt, auf die Menschen darunter fällt er.

Die Videos zeigen einen Mann, der sich in die Masse wirft. Er steigt auf die Schultern von Frauen und Mädchen, er krallt sich an Hälsen fest und tritt Köpfe nieder. Er drückt die Menschen unter sich weg und ist damit über den Menschen. Beharrlich schiebt er sich zur Treppe hin. Sein Hemd ist blau, die Sonnenbrille steckt in den Haaren. Das Gesicht ist nicht zu erkennen. Jemand schreit, jemand beschimpft ihn, jemand kreischt. Aber er kämpft weiter, erreicht die Treppe. Streckt die Hand aus und ein Ordner greift nach der Hand und zieht ihn zu sich. Der Mann stampft auf Menschen, erhält so Schwung und rollt auf die Treppenstufen. Dann steht er und drängt sich hoch, die Treppe hoch und verschwindet aus dem Bild.

Ich habe Helen in drei Videos entdeckt. In der Reportage eines Fernsehsenders ist sie am Bahnhof zu sehen. Eine hellgrüne Federboa ist um ihren Hals geschlungen. Im Hintergrund des Bildes steigt sie aus dem Zug, während im Vordergrund Menschen um einen Kiosk tanzen. Ich erkenne Helen im Tunnel. Die Menschen neben ihr singen die sieben Töne von »Seven Nation Army.« Und ich sehe Helen in dem Video, dessen Adresse ich mittlerweile auswendig kenne: www.youtube.com/watch? v=Rle9aVknnzb&. Zwischen 4:15 Minuten und 4:17 Minuten, zwei Sekunden lang sehe ich Helen, kürzer als die Gegenwart. Sie ist bei der Treppe, zu nahe bei der Treppe. Sie blickt in die Augen desjenigen, der das Handy am ausgestreckten Arm hält. Das Handy schwebt über der Masse, schaut hinab auf die Köpfe und Helen blickt zu diesem Handy hinauf. Nur ihre Augen und ein Teil ihres Gesichts sind zu sehen. Ihr Körper ist bedeckt von anderen Körpern. Der, der filmt sagt etwas wie »Wir schaffen das«, und ich sehe in Helens Augen, wie sie das glauben möchte. Aber da verschwindet sie schon, taucht unter den Körpern ab, eine Welle fegt durch die Menge und verändert sie, drückt diejenigen hinab, die unten sind.

Ich weiß nicht, wie die Luft schmeckt in diesem Moment. Wie eng sich eng anfühlt. Ob Helen Platz hat, die Arme zu bewegen, die Beine, den Kopf. Ob sie reden kann. Wie stark ihr Brustkorb schmerzt. Ob sie um sich tritt, um Raum zu schaffen. Ob jemand unter ihr ist. Jemand über ihr. Jemand nach ihr schaut. Jemand bemerkt, dass Helen überhaupt da ist. Ich weiß nicht, ob Helen hofft, über die Treppe der Rampe zu entkommen. Ob sie freiwillig an diesem Ort ist. Wann sie die Situation bemerkt hat. Wie Helen sie einschätzt. Wann ihr klar ist, dass dieses Gedränge Gefahr bedeutet. Ob sie überlegt, was sie dagegen tun könnte. Was sie dagegen getan hat. Ich weiß nicht, was sie in diesem Moment denkt. Ob sie einen Plan hat. Sich erinnert an Berichte anderer Vorfälle. Ob sie schreit. Wie sie schreit. Ob sie jemandem hilft. Ob sie Hass verspürt auf die Menschen um sie herum. Auf die Menschen, die über ihren Kopf klettern. Die auf der Treppe stehen. Ich weiß nichts von dem, ich sehe nur diesen Blick von zwei Sekunden und auch wenn das nur Bildklötze sind, bunt und glatt an den Rändern, die gegeneinander kollidieren und sich in Schlieren verlieren, weiß ich doch genau. Und weil ich diesen Blick nicht ertrage, schließe ich die Augen. Und bin allein. Erst wenn ich sie öffne, ist Helen wieder da. Für zwei Sekunden ist sie da.

So sehr ich auch weiter suche, entdecke ich Helen nicht wieder. Selbst in den Videos mit den Toten habe ich nachgesehen. Die mit Gold beschichteten Rettungsdecken liegen am Boden, die Glitzertops und zertretenen Sonnenbrillen, die Hosen mit dem Fell und die Engelsflügel. In manchen Filmen kann man den Toten ins Gesicht schauen, kurz bevor sich Menschen über sie beugen, im gleichmäßigen Rhythmus auf den Brustkorb drücken oder das Ohr auf den Brustkorb pressen und dann ablassen und jemand herbeieilt, um eine Rettungsdecke über die Körper zu legen. Helen habe ich nicht gesehen. Helen ist auch keine von denen, die zwischen den Toten umherirren oder die am Rand hocken und den Kopf in den Händen vergraben oder die ein Polizist zu einem Krankenwagen begleitet. Sie ist keine von denen, die zwischen den Toten filmen oder von der Brüstung aus fotografieren oder die von Reportern gefragt werden, wie sie sich fühlen würden und dann Sätze sagen, denen ich nicht zuhören kann. Sie ist keine von denen, die einige Meter abseits stehen und gerade erst gekommen sind und von nichts wissen und deshalb tanzen, die Bierdosen in Kameras halten und in Trillerpfeifen blasen. Sie ist keine von denen, die später vor Kameras erklären, dass sie nicht verstehen können wie das passiert sei und die sagen, dass die Toten besser hätten zuhause bleiben sollen, wenn sie doch ein schwaches Herz gehabt hätten und keinen Stress vertragen hätten. Helen ist keine von denen, die in der Nacht noch Kerzen im Tunnel entzünden, sie hat nicht das WARUM-Schild zu den Kerzen gestellt, sie steht nicht in den nächsten Tagen vor dem Rathaus und reckt die Fäuste in die Luft, und sie sitzt auch nicht auf der Trauerfeier in der Kirche. Helen ist nur zwischen 4:15 Minuten und 4:17 Minuten, zwei Sekunden, ein Blick nach »Wir schaffen das« und danach ist sie nicht mehr, nicht einmal mehr ein Bildklotz.

Was soll ich denn anderes tun, als diese zwei Sekunden zu schauen?

Jeden Tag rufe ich /watch?v=Rle9aVknnzb& auf. Am Morgen schon, gleich nach dem Aufstehen schaue ich das Video an. Der Lüfter am Computer summt. Das Zimmer bleibt abgedunkelt, die Vorhänge halten die Dunkelheit hier. Jeden Morgen schaue ich das Video. Am fünften Tag aber kann ich es nicht finden. Auf der Seite steht:

Dieses Video bzw. diese Gruppe enthält möglicherweise Inhalte, die für einige Nutzer unangemessen sein können, und wurde daher gelöscht.

Ich warte. Klicke und lade neu. Auf dem Bildschirm öffnet sich eine Seite. Sie schlägt mir Videos vor, die ich stattdessen sehen könnte – tanzende Katzen, einen Hund auf einem Skateboard, ein Baby, das aus einer Melone klettert.

Sebastian Polmans

Spoko

Und jetzt sammle ich am Flussufer die schwarzen Säcke ein. Größere Zweige und Sträucher haben sich in dem Plastik verfangen. Einmal steche ich mich ziemlich tief und ein dünner Blutfaden läuft aus der Wunde am Zeigefinger in meine Handfläche, die ich wie eine Landkarte vor mich hinhalte und beobachte. Ich balle meine Hand zur Faust und denke an jemanden, der mal gesagt hat, an mir sei ein Boxer verloren gegangen, wegen meiner großen Hände.

Das Gezweig muss ich vorsichtig heraus friemeln: damit die Säcke nicht reißen. Ich will nicht, dass die Säcke reißen. Und dennoch sind in jedem einige kleinere Risse zu erkennen, als ich sie – eins, zwei, drei, vier – vor mir auf dem Kies ausbreite. Vom Hochwasser kürzlich sind die Steine noch feucht und sandig.

Ich stelle mich vor die knittrigen Rechtecke, die wie Schatten daliegen zwischen den hellen Gesteinspunkten. Als würde ich beten, verschränke ich die Finger meiner Hände vor meinem Bauch. Aber ich bete nicht. Ich stehe nur da und bewege ein bisschen meine Füße in den Stiefeln. Die kleinen Steine knirschen unter den Sohlen.

Der Nieselregen trommelt leise auf die Planen. Ich senke den Kopf und schau auf das Leder meiner Uniformjacke. Da ist kaum ein Unterschied zu dem Schwarz der Säcke, nur die gelb leuchtenden Buchstaben auf meiner Brusttasche über dem Adler: ZOLL.

Auf dem Plastik sammeln sich winzige Tropfen. Ständig zerspringen sie und verteilen sich neu, ein Spiel ohne Anfang und ohne Ende. Der fünfte Sack fehlt. Sie waren zu fünft, da bin ich sicher. Aber auch auf der anderen Uferseite ist er nicht zu sehen.

Ob ich beruhigt wäre, wenn er jetzt da läge, neben den anderen vier, weiß ich nicht. Ich weiß eigentlich auch nicht, warum ich jetzt hier so still vor den Säcken stehe, warum ich überhaupt nach ihnen gesucht hab. Vielleicht, damit wenigstens etwas von ihnen es dorthin schafft, wo sie hinwollten: auf die andere Seite. Dorthin, gdzie noc jest jasna, wie die Schlepper in Polen zu ihren Kunden sagen, wegen des Lichts im Nachthimmel von Berlin, den man von hier gut sieht, bei schlechtem Wetter, wegen der leuchtenden Wolkendecken, so wie in der letzten Nacht, sogar noch besser. Wo sie jetzt sind, ob lebendig oder tot, alle vier, fünf, ich weiß es nicht.

Ich schaue auf den Fluss, um mich abzulenken. Die Strömung ist jetzt, am Morgen, stärker. Ein dicker Ast treibt vorbei, eine Gruppe Stockenten mit dreckigen Köpfen fliegt über mir her und dann knapp über der Wasseroberfläche, um vor der Schilfreihe am anderen Ufer zu landen. Dahinter, zwischen den dünnen Halmen, von denen die meisten Knicke haben, steckt ein braunes Schild, auf dem in dicken, weißen Lettern Odra steht, und klein darunter: Oder. Jedes Mal wundere ich mich über dieses Wort, wenn ich es dort drüben lese. Oder. Das klingt, als könnte man selbst entscheiden, als hätte man die freie Wahl, auf welcher Seite man leben möchte. Entweder-Oder. Nur für die meisten gibt es nichts zu entscheiden. Der Fluss bestimmt, auf welcher Seite du stehst. Auch, wenn es von unserer Seite aus leichter ist, auf die andere zu kommen. Für mich mit meinem Beamtenausweis sowieso.

Als Grenze ist der Fluss ein Überbleibsel des Krieges und hat nach wie vor die Aufgabe, Menschen in zwei Länder zu separieren. Für eine Linie, eine Grenzlinie, wie man uns in der Ausbildung beigebracht hat, finde ich das etwa dreißig Meter breite Flussbett geräumig genug. Ich stelle mir auch manchmal vor, wie Leute in der ausgetrockneten Kuhle des Flusses hausen, in diesem Zwischenraum, eine Möglichkeit, sich zwischen dem Entweder und dem Oder aufzuhalten. Aber der Fluss bietet allenfalls den Hechten, Barschen, Karpfen, den Nutrias und dem sonstigen Getier einen Lebensraum. Den Menschen galt das fließende Gewässer seit jeher als klare Trennlinie. Mein Job ist es, dafür zu sorgen, dass das so bleibt. Und das passt mir nicht.

Nach und nach rollen Autos fast lautlos auf den Parkplatz bei der Brücke. Es müssen die Kollegen für die Tagesschicht sein. Das laute Klatschen einer Autotür hallt durch die Gegend. Auf der Brücke lehnt Sven, rechts von ihm sein Hund, gegen die helle Schutzplanke am Rand, die erst vor kurzem hochgezogen wurde. Sven ist einer der wenigen, mit denen ich klarkomme. Sein Schäferhund kam aus einer polnischen Zucht. Der Züchter hatte ihn Janusz getauft. Das waren die Bedingungen, hatte Sven erzählt, der Name bleibt, und Polnisch sprechen mit dem Hund. Ansonsten könnte das Tier gefährlich werden, habe der Züchter gesagt.

Die schmale, zweispurige Steinbrücke streckt sich als gelenkiger Körper über den Fluss. Meine anderen Kollegen stehen in der Mitte, dort, wo das Rückgrat wäre. Sie rauchen und sehen zu mir runter. Ich weiß, dass sie über mich reden. Sie haben die Mützen abgenommen, und wieder einmal fällt mir auf, dass alle die gleiche Kurzhaarfrisur tragen. Vielleicht wollen sie so den Uniformeffekt verstärken. Ich hab sie nie danach gefragt.

Dass sie mich für einen Spinner halten, weiß ich, einen, der im Innendienst besser aufgehoben wäre. Ich hab selbst schon öfters drüber nachgedacht, aber hier draußen ist man an der Luft, und da geht es mir einfach besser.

Hinter ihnen ragen die rot-weiß gestreiften Schranken senkrecht nach oben und dazwischen steht der grüne Mannschaftsbus. Das Blaulicht kreist noch, wie immer zum Schichtwechsel. Als sie mit dem Rauchen fertig sind, schnipsen sie die kleinen, funkensprühenden Zigarettenstummel runter in den

Fluss. Einer tritt mit den Stiefeln gegen den Stahl, der metallische Klang schallt zwischen Brücke und Flussbett weiter, während sie Richtung Parkplatz gehen, jeder für sich. Ein paar Minuten später fahren sie in ihren Autos davon. Ich hab gesagt, dass ich noch bleibe, zum Angeln. Meine Ausrüstung habe ich im Kofferraum immer dabei.

Die anderen Kollegen sammeln sich am Bus und steigen nach und nach ein. Als alle drin sind, erlischt das Blaulicht und der Motor springt an.

Am Ufer gehe ich ein Stück flussabwärts und halte weiter Ausschau nach dem fünften Sack. Als ich ihn nicht finde, gehe ich zurück und hocke mich neben die vier anderen. Ich stelle mir vor, wie sie sich in die Rillen des Profils klemmen. Mir wird klar, dass ich die Stiefel nicht mehr mag. Hinter mir rauscht der Bus vorbei, um auf Posten zu fahren. Ich höre, wie sie gegen die Scheiben klopfen. Ich drehe mich nicht um.

Es hätte eigentlich nicht viel gebraucht heute Nacht. Nur ein bisschen heiße Luft.

Es war dunkel. Nur der Mond, noch nicht ganz voll, schien, und wie immer ein bisschen Licht von unserer Seite, wegen Berlin.

Der Fluss schimmerte leicht. Es sah aus, als wehte auf ihm eine Schicht aus faltigem Papier. Eine Weile lang hatte ich den Suchscheinwerfer ausgeschaltet, damit die Strahler sich ein bisschen abkühlen konnten. Seit vier Monaten hatte es keinen Zwischenfall mehr gegeben. Da müssen wir auch mal das Material schonen, hatte der Chef gesagt, und dass es wichtig sei, Geld zu sparen.

Ich merkte, wie durch das heruntergekurbelte Fenster die Wärme, die der Strahler abgegeben hatte, verschwand und sofort die Kälte durch den dünnen Hemdstoff spürbar wurde. Aber Kälte macht mir nichts aus.

Ich ließ den Joystick los, mit dem sich der Scheinwerfer auf dem Dach bewegen ließ, und griff mit beiden Händen nach dem Fernglas. Auf der anderen Seite hatte ich ein Knacksen gehört, als würden Äste zertreten. Und hatte nicht auch jemand gehustet?

Hinter mir hörte ich die anderen. Und bevor ich mit dem Fernglas hinübersah, blickte ich mich erst noch kurz um, über die Schulter, sah auf den Sitzen meine Kollegen sich zeitlupenartig bewegen hinter dem Gitter, das Führerhaus und Mannschaftsbereich trennt. Alle hatten noch die weißen Kappen auf, die derjenigen, die am linken Fenster saßen, leuchteten heller. Sven hatte auch einen Fensterplatz, links, und seinen Hund neben sich auf dem Sitz. Ich sah, wie Svens Hand auf dem Kopf des Schäferhunds lag wie auf einer Sessellehne. Ich hörte den Hund mit dem Schwanz auf das Polster schlagen, seine Augen glühten lila. »Spoko, spoko, spoko«, verstand ich Sven. Komischerweise sprach er recht laut.

Vorne im Führerhaus saß ich, und hinter mir das Gitter, aus dem, wie aus einer Riesenbox, das leise das gespannte Murmeln meiner Kollegen kam, als müsste gleich mit einem Schlag ein Rocklied einsetzen, wie auf einer Live-CD. Dann setzte ich das Fernglas an, zog vorher aber noch meine Jacke aus und hängte sie hinter mich an das Gitter. Ich wollte nicht, dass die anderen irgendetwas bemerkten, falls da jemand war.

Ich hielt das Fernglas auf die Stelle gerichtet, von wo ich die Geräusche gehört zu haben meinte, entdeckte zuerst nichts, bewegte dann das Sichtfeld Richtung Ufer und sah fünf Gestalten, gleich vor dem Schilffeld in einem Knäuel hocken, dicht beieinander, Schulter an Schulter, sah, wie jeder einen großen Plastiksack vor sein Gesicht hielt und die Säcke schon ein wenig aufgedunsen waren. Sie standen nah bei dem Schild, auf dem der Name des Flusses stand.

Ich beobachtete das sanfte Anschwellen der Säcke, das die fünf mucksmäuschenstill zu Stande brachten, als würden sie gar nichts tun, als atmeten sie nicht, als geschähe alles automatisch, wie hinter Glas.

»Kommt rüber«, flüsterte ich, »kommt einfach rüber, verdammt«, und hatte einmal kurz zur Brücke gesehen, die roten Lichtpunkte der Schranken nebeneinander aufgereiht. Die Fünf wussten nicht, dass auch die Brückenposten jetzt hinter mir saßen, um Pause zu machen; dass seit vier Monaten nichts mehr vorgefallen war und die meisten meiner Kollegen seit der Schengensache sowieso dachten, nichts würde mehr passieren.

Aus dem Mannschaftsbereich schlug jemand gegen das Gitter. Ich drehte mich um, das Fernglas in der Hand, und sah, wie sich neben meiner Jacke an einer Stelle kleine Karos des Gitters mit Hautpolstern gefüllt hatten. Einer meiner Kollegen drückte seine Hand gegen das Gitter und fragte, ob alles in Ordnung sei. »Natürlich«, sagte ich, das Fernglas vor der Brust, ohne ein Gesicht zu sehen. Er musste gleich hinter der Jacke gesessen haben. Die Hand verschwand und die Stimme ging im allgemeinen Gemurmel unter.

Am anderen Ufer sah ich wieder die fünf, jetzt nicht mehr in einem Knäuel, sondern in einer Linie, hintereinander. Der erste stand schon bis zum Hals im Fluss und hatte die Arme über den aufgeblasenen Sack gelegt. Die weiter hinten standen nur mit den Füßen im Wasser, ich konnte sehen, dass sie sich alle an einer Art Seil oder Kette festhielten. Ich meinte ihren Atem zu hören. Ich hatte die lächerliche Vorstellung, wie sie an ihren Säcken, wie an Luftballons hängend einfach rübergeschwebt kommen würden. Der Wind kam von Osten, sie wären geradewegs auf Berlin zugeflogen.

Im Fluss muss die Wassertemperatur unter Null sein, dachte ich, dann hörte ich die kurzen Schreie und sah mit einem Mal nur noch die Säcke mit der Strömung treiben, ziemlich schnell. Jemand öffnete von draußen die Fahrertür, griff nach dem Joystick in meiner Hand und haute auf den Knopf. Das Licht ging an und ich sah einen der Säcke, wie ein Spielzeugboot durch den Spot auf dem Fluss treiben, sonst nichts. Ich sagte meinen Kollegen, als sie fragten, was das war, dass da nichts war. Nur ein paar Enten und vermutlich eine Ladung Müll, Papier oder so was, sonst nichts.

Ich sah auf die Digitalanzeige am Armaturenbrett: 3:14 Uhr. Meine Kollegen standen draußen und rieben sich die Hände. Sie redeten schon wieder über das Wetter, wie frostig es doch sei. Nur Svens Hund bellte noch irgendwo am Ufer.

Bis zum Morgen blieb ich sitzen hinter dem Steuer und hoffte, sie doch noch irgendwo zu sehen. Kurz vor Dienstschluss nahm ich meine Lederjacke vom Gitter und sagte, dass ich noch ein wenig angeln würde, jemand anders solle den Bus zurück zur Brücke fahren.

Ich ziehe meine Stiefel aus und kremple mir die Hose bis zu den Knien hoch. Dann stelle ich mich ins Flachwasser. Es ist eiskalt und die Strömung ist spürbar an meinen Waden und unter meinen bloßen Füßen der Schlick. Ich trete auf der Stelle, versinke dabei ein wenig in der weichen Erde und überlege zu kündigen.

Etwas treibt gegen meine Füße. Ich greife hinunter und brauche eine Weile bis ich den Gegenstand packen kann, weil ich immer wieder abrutsche. Dann ziehe ich einen schwarzen Plastiksack aus dem Wasser. Ich schüttle ihn aus und lasse ihn an meinem langen Arm aushängen wie ein nasses Wäschestück. Im Wind weht die Plastikplane leicht und knistert. An den Rändern ist sie stark ausgefranst und eingerissen, mehr als die anderen vier. Ohne groß nachzudenken schaue ich auf die andere Uferseite und meine, weiter hinten am Waldrand jemanden lautlos zwischen den Baumstämmen verschwinden zu sehen, als ich hinter mir Schritte näher kommen höre. Ich drehe mich um. Sven. Er hat seine Angelsachen dabei. Seinen Hund hält er an der Leine, er ruft ihm zu: »Janusz, siad!« Schnell sinkt der Hund in die Steine, als gäbe es dort eine Grube, extra für ihn. Sven sieht mich zuerst ernst an. Dann lacht er laut und hockt sich neben seinen Hund. Er legt die Hand auf seinen Kopf: »Zobacz, nasz kolega chce chyba na drugą stronę«. Ich meine, den Hund leise knurren zu hören und beobachte ihn, wie er seine Schnauze auf den Kieseln ablegt und mit seiner roten Zunge friedlich über eine Alge zwischen den Steinen leckt. Als Sven sich nach den Tüten auf dem Boden und der in meiner Hand erkundigt, frage ich ihn: »Hast du sie gesehen?« Er wendet sich ab, fängt wieder an, seinen Hund zu kraulen und schüttelt den Kopf.

Ich sehe wieder auf den Fluss, weiter aufwärts rudert ein Graureiher mit ungemein langsamem Flügelschlag an der anderen Uferseite entlang und landet kurz vor einem der Brückenpfosten auf der schmalen Sandbank in der Strömung. Ich bleibe noch eine Weile im Flachwasser stehen. Ich falte den Plastiksack zusammen und stecke ihn in meine große Brusttasche. Und während ich dabei, ohne irgendwas zu sagen, beschließe, dass ich nicht kündigen werde, fängt der Hund zu bellen an. »Spoko«, ruft Sven, »spoko«. Ich gehe aus dem Wasser, Steinchen bleiben nach jedem Schritt unter meinen bloßen Füßen kleben.

Ich sage Sven, dass ich mein Angelzeug aus dem Wagen holen werde. Sven nickt. Dann gehe ich auf die Brücke zu.

Britta Sabbag

Wellblechdächer und Nordwestwind

Wir treffen uns jetzt immer unter den Fahrradständern der Gesamtschule, der besten im ganzen Rhein-Sieg-Kreis, sagt man. Das war allerdings nicht der entscheidende Punkt in unserem Auswahlverfahren, das wir sehr sorgfältig vorbereitet und mit einer fast lächerlich anmutenden Ernsthaftigkeit bis zur endgültigen Entscheidung durchgezogen haben. Adrian war es wichtig, dass wir alleine waren, was an einem Ort wie diesem spät nachmittags meistens problemlos möglich war. Einige wenige desorientierte Jugendliche aus sichtbar desolaten Familien versuchten ab und zu eine Art Gruppendynamik zu erzeugen, indem sie sich ein paar Mal an einer der Tischtennisplatten trafen und zusammen Dosenbier konsumierten, das sie sich vorher im Discounter gegenüber besorgt hatten. Ich konnte nicht behaupten, dass sie mich sonderlich störten, ich fand den Gedanken, beobachtet zu werden sogar ganz reizvoll, wenn man von ihrem familiären Hintergrund mal absah. Im Gegensatz zu Adrian war mir die Bedachung am wichtigsten. Unsere Treffen waren ganzjährig geplant, zumindest solange man es draußen aushalten konnte, und da in der Norddeutschen Tiefebene im Westen die Niederschlagshöhe jährlich etwa 770 mm bei jeweils 5 Monaten Hauptvegetationszeit beträgt – denn auch diese durchaus wichtige Information ist in unsere Auswahl mit eingeflossen – war die richtige Bedachung von enormer Wichtigkeit. Wir haben lange recherchieren müssen, zumindest Adrian hat es, obwohl es ihn anfangs nicht zu stören schien, nach und nach doch genervt. »Wieso ist es wichtig, zu wissen, wie viel es durchschnittlich in

Deutschland regnet? Ich will doch nur ein bisschen an dir rumfummeln.« Die Tragweite dieser Frage wurde ihm allerdings schnell bewusst, als ich ihm erklärte, dass es wahrscheinlich die Hälfte des Jahres regnen würde und ich im Regen nicht gerne an mir rumfummeln lasse und wir deswegen einen Ort mit geeigneter Bedachung auswählen müssten. Unsere Recherche bezog sich also nicht nur auf die geografischen und zeitlichen Vorteile des auszuwählenden Ortes, sondern schloss nun auch Niederschlagswahrscheinlichkeit und vorherrschende Windrichtung ein. Ich hatte bei der Windrichtungsrecherche mit mehr Widerstand seitens Adrian gerechnet, der aber ausblieb weil er offensichtlich eine Verknüpfung von starkem Wind überwiegend von West/Nordwest und mit dem erhöhten Risiko einer Lungenentzündung herstellen konnte, davon stammend, dass meine Bluse die meiste Zeit unserer Treffen offensteht. Er entwickelte mit der Zeit sogar eine Art Talent für die Recherche, in die er nun jedes noch so kleine Detail mit einbezog. »Es ist wichtig, dass der Ort nahe an einer Bushaltestelle liegt, so dass du schnell nach Hause kannst, wenn es brennt, meine ich«, sagte er einmal, und ich war auf der Stelle fasziniert von seinem wachsenden Engagement für das Einbeziehen etwaiger Kriterien für den Notfall. Nachdem dann also das Freibad wegen unzureichender Rückzugsmöglichkeiten am späten Nachmittag im Jahresdurchschnitt und der Parkplatz der Realschule wegen fehlender Überdachung durchgefallen waren, und sich auch sonst kaum Möglichkeiten boten, sich irgendwo ungesehen zu treffen, haben wir uns für die Gesamtschule entschieden. Aus meiner jetzigen Sicht eine gute Wahl, und auch Adrian macht den Eindruck, als wäre er mit der Entscheidung zufrieden. Heute kommt er wie immer überpünktlich, trotzdem bin ich vor ihm da. »Wieso bist du immer so furchtbar pünktlich?«, frage ich. »Das nervt.«

»Du doch auch«, sagt er und zieht mich an sich. »Das ist was anderes«, will ich antworten, aber schon beim dritten Wort spüre ich seine kalte Zunge, wie sie sich durch meine Zähne

Richtung Rachen schiebt. Ich kann behaupten, dass Adrian eine außergewöhnlich lange Zunge hat, wenn man die Durchschnittslängen aller Zungen, die sich je in meinem Mund befunden haben, vergleichen würde. Nicht, dass es außergewöhnlich viele waren, ich würde sogar so weit gehen, zu behaupten, dass ich leicht introvertiert erscheine, was ich allerdings nicht bin. Aber es gefällt mir, den Eindruck zu erwecken, und ich bin ziemlich sicher, dass Adrian dieser Punkt, neben meinen stattlich geformten Brüsten, überzeugt hat. Ich weiß kaum etwas über Adrian, meistens reden wir nicht viel, während unserer Recherche sprachen wir mehr miteinander, aber das fällt ja jetzt auch weg. Der Ablauf ist immer gleich, die Uhrzeit variiert manchmal, aber meist nicht früher oder später als eine Stunde vor oder nach der üblichen Uhrzeit. Adrian kommt immer zehn Minuten zu früh, deswegen habe ich mir angewöhnt, fünfzehn Minuten früher zu kommen, da ich gerne als Erste da bin. Ich kann es nicht leiden, ihn dort wartend stehen zu sehen, von einem Fuß auf den anderen tretend, mit den Händen in der Hosentasche, das hat so wenig von Heldentum. Es ist mir lieber, wenn ich ihn kommen sehe, auf seinem klapprigen Hollandrad, das noch nicht mal ihm gehört, sondern seinem Bruder. Vielleicht ist es ein subtiles Verlangen nach dem lächerlichen Rest einer bizarren Ritterlichkeit, die ich empfinde, wenn er von seinem Hollandrad absteigt, ich kann es nicht genau sagen. Als er wie immer die ersten Knöpfe meiner 80% Polyester und 20% Baumwolle Bluse öffnet, sagt er: »Wieso trägst du eigentlich immer dieselbe Bluse, du hast doch nicht nur eine.« Es klingt nicht wie eine Frage, also fühle ich mich auch nicht aufgefordert zu antworten. Was sollte ich ihm auch sagen – dass ich eigentlich keine Blusen tragen darf, zumindest solche nicht, dass ich sie nur für unsere Treffen von meinem kläglichen Taschengeld gekauft habe und sie immer erst wenige Minuten vorher anziehe, das ist doch sinnlos, denn mit dieser Information würde Adrian nichts anfangen können, also belasse ich es dabei. Es stört mich nicht, dass er dachte, dass ich ungeschickt bin bei meiner Kleiderauswahl, es passt zu dem Bild des introvertierten Mädchens, und es gefällt mir, es wertet seine Männlichkeit irgendwie auf, wenn er mich mit diesem Kopfschütteln ansieht so wie jetzt, und dann wieder küsst. Adrian weiß nichts über mich; die Tatsache, dass unsere Treffen heimlich stattfinden müssen und dass es ihn eigentlich gar nicht gibt, veranlassen ihn nie dazu, weiter nachzufragen. Einmal haben wir uns woanders getroffen, im städtischen Freibad, er hat sogar den Eintritt für mich bezahlt, was mich später etwas störte, denn es wirkte im Nachhinein billig. Ich hatte mir einen Badeanzug von meiner Freundin Bea geliehen, er passte nicht richtig und schlabberte an Bauch und Po, war dafür aber an der Brust zu eng. Deswegen tut Bea mir sogar etwas leid, sie hat wohl, was man üblicherweise Reiterhosen nennt, aber ich habe sie nie darauf angesprochen. »Netter Badeanzug«, hat Adrian damals gesagt, »nur ein bisschen zu eng, was?« Ich fand diese Aussage typisch für ihn, wenn man bedenkt, auf welche Körperteile er sich bei seiner Betrachtung konzentriert haben muss, und nickte. »Ja, etwas älter ist er schon.« Es war ganz schön riskant, sich im Freibad zu treffen, aber an diesem Tag fühlte ich mich mutig, und ich hatte Lust, Adrian zu imponieren. Allerdings schien er wenig beeindruckt, denn er zog es vor, stundenlang vom Dreimeterbrett zu springen und dabei ausgefeilte Arschbombenvariationen auszuprobieren, die seine Freunde rund um den Beckenrand euphorisch beklatschten. Zum Küssen kam er ab und zu auf die Decke und sagte dann: »Hast du den Sprung eben gesehen? Das war der absolute Kracher!« oder ähnliches, und ich entschloss mich, Beas Badeanzug gerecht zu werden und mir ein Eis zu kaufen. Als ich zurück zur Decke kam, lag Adrian auf dem Bauch und sein muskulöser Rücken glänzte nass in der Sonne. So muskulös hatte ich ihn gar nicht in Erinnerung, und ich fragte mich, ob es möglich sein konnte, dass die annähernd dreißig Arschbomben, die Adrian im Laufe des Nachmittages gemacht hatte, zu rapidem Muskelzuwachs geführt hatten. Wenn ja, war ich ab jetzt für Arschbomben. »Hey Arschbombenkönig«, sagte ich frech und überlegte, ob ich mich nicht lieber mit derartigen Äußerungen zurückhalten sollte, dann sie passten vielleicht nicht zum Bild des schüchternen, ständig sinnlos herumkichernden Mädchens, das ich sein wollte. Ich ließ mich auf den nassen Körper unter mir fallen, der sich abrupt umdrehte. »Adam!« Adrians Bruder sah mich verständnislos an. »Wie bist du denn drauf?«, pampte er mich von der Seite an. »Willst du mich anbaggern oder was?« Ich hatte Adam erst ein Mal von weitem gesehen und mich schon damals über die große Ähnlichkeit der Brüder gewundert, aber jetzt wurde mir erst bewusst, wie ähnlich sie sich wirklich waren, selbst die Stimme war fast identisch. Ich stammelte dann irgendwas von Verwechslung und packte meine Klamotten, um zu gehen. Ich hatte ja praktisch nichts dabei außer meinen Jeans, den Schuhen, der Polyesterbluse und natürlich Beas Badeanzug, es dauerte nur wenige Sekunden, dann war ich weg. Eine Verabschiedung hielt ich nicht für notwendig, aber ich hörte, wie Adam mir hinterherrief: »Was ist mit deinen Sachen? Vergiss dein Handtuch nicht.« Bis heute frage ich mich mindestens einmal am Tag, warum Adam nicht wusste, dass es seine Handtücher waren, die dort lagen, oder immerhin die seiner Eltern, die Adrian mitgebracht hatte, man kennt doch schließlich die Handtücher, die zu Hause benutzt werden.

»Was ist los mit dir?«, fragt Adrian mich jetzt. »Nichts, was soll sein«, antworte ich und ziehe die offene Bluse zusammen. »Der Wind scheint diesmal mehr von Nordwesten als von Westen zu kommen.«

»Ja und?«, sagt Adrian. »Stell dich nicht so an, morgen ist Samstag.« Ich weiß, was Adrian meint, denn am Wochenende können wir uns nicht treffen, deswegen ist er meistens schon Donnerstags schlecht gelaunt, und heute ist sogar Freitag. Ich sage: »Es fängt an zu regnen«, und knöpfe mir die Bluse zu. »Na und«, sagt Adrian, »deswegen haben wir doch das bescheuerte Wellblechdach ausgesucht! Ich meine, du wolltest Wellblech, mir wäre es ja egal gewesen, aber du wolltest das doch!« Es hört sich an wie in diesen Filmen, in denen Paare sich um Häuser, Autos oder Hunde streiten, in der Art von Du wolltest den Volvo, nun park auch damit ein! oder Du wolltest das große Haus, dann halt es gefälligst auch in Ordnung!, und seine Nasenflügel beben dabei.

Der Regen wird schlagartig stärker und trommelt wie wild auf das Wellblechdach. »Mann, das ist ja wie ein beschissenes Wellblechmegafon!« Adrian stopft sich sein Hemd zurück in die Jeans. »Das ist einfach viel zu laut, da muss man sich ja anbrüllen!« Ich antworte nicht, dass wir ja sowieso nie reden und es deshalb auch keine Rolle spielt, wie laut der Regen ist, wenn er auf das Wellblechdach fällt, aber ich sage nichts. Stattdessen sagt er: »Ich glaube, wir sollten uns nicht mehr treffen.« Es wundert mich, dass es überhaupt so lange gedauert hat und ich nicke. »Ja, wahrscheinlich hast du recht.« Ich sage ihm nicht, dass ich nach unserem heutigen Treffen sowieso nicht mehr vorhatte, zu kommen. Ich hätte eine neue Bluse kaufen müssen, irgendwann, die Erklärungen zu Hause neu ausfeilen, denn die Nachhilfe zieht nicht mehr, dafür sind meine Noten einfach zu gut geworden. Dass er mir jetzt zuvor gekommen ist, grenzt an Präzision, wie sie nur das Schicksal kennt, denke ich; ein perfekter Satz, den ich mag, aber bislang nie verwenden konnte, bis jetzt. Ich überlege, ob ich der Theatralik halber nicht doch vielleicht etwas weinen sollte oder zumindest traurig wirken, entscheide mich dann aber doch dagegen.

»Es hat einfach keinen Sinn mit uns«, erklärt Adrian ruhig, so als würde er mir erklären, warum es keinen Sinn macht, über das Universum nachzudenken. »Es führt ja zu nichts.« Ich nicke wieder, diesmal nachdenklicher, langsamer, es soll einsichtig wirken. »Ja.« Es hat viele Vorteile, denke ich, bald wird der Winter anfangen und der Regen wird häufiger werden und auch der Wind wird zunehmen, aus ungeplanten Richtungen wehen, und womöglich wird es auch schneien und ich würde mich halb tot frieren für ein bisschen Fummelei, und das stünde in keinem Verhältnis. »Es ist wirklich besser so«, sage ich also, »es hat wirklich keinen Sinn.« Adrian nickt jetzt auch, und ich glaube, eine kleine Enttäuschung in seinem Blick zu sehen, vielleicht hätte ich doch ein wenig trauriger wirken sollen, also seufze ich tief. »Schade ist es aber trotzdem.« Er legt seine Hände um meine Hüften auf die Polyesterbluse, die ich extra für ihn gekauft habe und an der der oberste Knopf fehlt. »Ja, das ist es.« Er küsst mich, diesmal ohne Zunge, was ungewöhnlich für ihn ist, aber in Anbetracht der aktuellen Trennungssituation sicher angebracht, und steigt auf sein klappriges Hollandrad. »Ich weiß, dass es gar nicht dein Rad ist«, sage ich noch, als er bereits die Füße auf die Pedale stellt, »Na und«, sagt er, »und ich weiß, dass du Adam angemacht hast.«

Dann radelt er los, seine dunkelblonden Haare sind sofort nass und hängen an seinem Gesicht herunter.

Ich hole mein Kopftuch aus der Handtasche und die Nadeln, um es an den Haaren zu befestigen, und beschließe, die Bluse entgegen meinem Vorsatz, sie wegzuschmeißen, zu behalten, irgendwo im Keller oder in der Garage, dort wird sie niemand finden, es ist eine nette Erinnerung an unsere Treffen, man sollte sowas ja immer in Ehren halten.

Ich weiß nicht viel von Adrian, nur, dass seine Eltern aus Polen kommen und dass er das R rollt, es aber ständig zu unterdrücken versucht, was ihm auch die meiste Zeit gelingt, aber nicht immer.

Iris Schmidt

Weiß

Die Schneide meines Messers durchstößt die Schale der Frucht beinahe mühelos. Ich ziehe das Messer in einer Kreisbahn um die Frucht, bis der Schnitt aufklafft. Die Klinge glänzt feucht in dem rosafarbenen Fleisch. Ich trenne einen Schnitz von der Melone heraus und schiebe ihn mir in den Mund, der Saft läuft über mein Kinn. Ich lutsche das süße Fruchtfleisch, die Kerne knacken zwischen meinen Zähnen.

Dann kippe ich das Dachfenster weit auf und lasse die Fliege entkommen, die schon seit einer Ewigkeit mit einem kleinen, stumpfen Geräusch gegen die Scheibe stößt. Sie fliegt hinaus in die schleimige Hitze dieses Sommers. Zerknülltes Zeitungspapier und leere Bierflaschen und Zigarettenstummel, und überall die Flecken, Flecken von Speichel, von Erbrochenem und Sperma und der schwere Duft eines Parfüms. Seit Tagen schon übergießt die Sonne alles mit ihrem erbarmungslosen, weißen Licht. Ein Licht, das alles niederdrückt und ausbleicht, das brennt und sich in die Gehirne ätzt und sie zerfrisst, wie Krebs.

Ich trenne einen zweiten Schnitz von der Melone und lege den Rest in den Kühlschrank. Tom wird nachher vorbeikommen, und ich werde Reis mit Hühnchen zubereiten und ihm dazu das Obst reichen. Ich werde zusehen, wie er isst, wie er mit einem Löffel vorsichtig das Fruchtfleisch von der Schale löst und es sich säuberlich in den Mund schiebt, Stück für Stück.

Im Nachbargarten kläfft ein Hund, zornig. Scheißköter!, rufe ich hinunter in den Hof, worauf das Gekläffe noch zorniger wird, so als würde das Vieh gleich seine scharfen Zähne in meine Kehle schlagen. Die halbe Nacht hat mich das Gekläffe wach gehalten. Das Gekläffe. Die Hitze. Der Geruch nach Verwesung.

Meist ist es der Mieter unter mir, der mich nicht schlafen lässt, wenn seine laute Musik durch den dünnen Fußboden dringt. Die schnellen Rhythmen, klagenden Synkopen, aufreizend gegeneinander gespielt, dazwischen das dumpfe Tamtam einer Trommel. Schlagzeug und Saxophon. Wie ekstatisch sind die Rhythmen, wie sentimental die Melodien, die durch die Nacht wehen, wie flüchtige Schatten über den Mond, eine tropische Nacht, durch die die Ratten huschen, einer stillen Sehnsucht gleich.

Manchmal dann klopfe ich mit dem Hammer gegen das Fußbodenparkett, wenn es schon nach Mitternacht ist und die Musik noch immer nicht verstummen will, und manchmal schreit der Schwarze hinauf, schreit: Fotze!, was klingt wie ein Schlag, und ich weiß, dass er wieder zugedröhnt ist mit Kiff oder sonstwas, und dass die Musik nicht enden wird in dieser Nacht.

Mit einer Box Flickzeug laufe ich durch das Treppenhaus. Eine dünne, klebrige Staubschicht bedeckt die Stufen, die Fensterbänke, das Geländer. Als ich die schwere Eisentür aufschließe und den Keller betrete, schlägt mir der Gestank von toten Ratten entgegen, so dass ich mich beinahe übergeben muss. Ich trage mein Rad hinauf in den Hof, drehe es auf den Sattel und beginne mich am Vorderreifen zu schaffen zu machen, ziehe den Mantel ab und lege den Schlauch frei. Aus einem der oberen Fenster kommen jetzt laute Stimmen, Rufe. Es muss das Fenster des Schwarzen sein. Ich höre die Worte: »Salaud!« und: »C'est degoutant!« Beschimpfungen, Flüche, ausgestoßen auf Französisch.

Ich stecke das Flickzeug in die Hosentasche, wische meine Hände notdürftig an einem Papiertaschentuch ab und stelle das Rad wieder auf. Als ich aus dem Schatten des Hofes fahre, auf den Weg abbiege, auf die Straße, ist es, als blase mir etwas seinen heißen Atem ins Gesicht, und die Helligkeit lässt mich zusammenzucken. Ich kneife meine Augen zu Schlitzen. Auf den Windschutzscheiben der Autos vervielfacht sich die Sonne, kleine, böse Babysonnen, wie Krebsgeschwüre, Metastasen. Überall ist dieses Licht, Glitzern und Gleißen. Sogar die Vögel blenden und das Laub der Bäume.

An der nahen Imbissstube kaufe ich ein halbes Hähnchen. Der Mann neben mir an der Theke lacht laut in sein Handy, es klingt wie Gebell. Er wirft den Kopf zurück und beißt mit seinen kleinen, spitzen Zähnen in die schleimige Luft.

Zurück auf dem Hof, lasse ich mein Rad gegen die rostigen Gartenstühle fallen. Die Stimmen von oben sind nicht mehr zu hören, nur leise dringt der wehe Schlag einer Trommel aus dem geöffneten Fenster. Als ich im Treppenhaus an der Tür des Schwarzen vorbeilaufe, riecht es nach Fisch und gekochten Bananen.

Gegen Mittag kommt Tom vorbei. Bleich und verschwitzt und keuchend von den vielen Treppenstufen bis hinauf in meine Wohnung. Er ist schlecht rasiert, und sein Gesicht sieht gedunsen aus unter den dunklen Stoppeln, so dass ich mich einen Moment vor ihm ekle und meinen Kopf wegdrehe, als er mich auf den Mund küssen will. Tom knurrt etwas in sich hinein, ich weiß, dass er so etwas nicht leiden kann.

Wir essen den Reis und das Hähnchen. Tom erzählt von dem neuen Handy, das er sich gekauft hat, und ich finde ihn auf einmal lächerlich in seinem Überschwang, wie er so erzählt, und ich bekomme Lust, zu lachen. Tom lehnt sich zurück, und ein scharfer Schatten fällt schräg auf sein Gesicht, zerteilt es in zwei Hälften. Ich will dich ficken, sagt er jetzt, und ich möchte etwas erwidern. Als Tom plötzlich aufsteht und mir seine Hand in den Nacken drückt und zufasst, so wie man ein Tier fasst.

Er drängt mich ins Schlafzimmer, und mit der Hand drückt er meinen Kopf auf die Matratze, und mit seinem Körper ist er jetzt genau über mir, so dicht an meinem Ohr sein Mund, sein schwerer Körper stößt mich nieder, und wie er sich auf mich wirft, ist er ein Schwein, groß und schwer und gedunsen, als ich seinen keuchenden Atem an meinem Ohr spüre, ein Hecheln, und während er sich kurz aufbäumt, um mich noch tiefer in die Matratze zu drücken, ist er die heiße Masse eines Stieres, der stampft, und dann wie ein Schlächter mich noch fester packt, und von neuem bin ich das Tier in seinem hartem Griff, als ein langer, letzter Atemstoß aus seinem Mund fährt.

Dann lässt Tom von mir ab und dreht sich weg, und ich bleibe liegen wie betäubt. Ich habe mir auf die Lippe gebissen, ich spüre den metallischen Geschmack von Blut in meinem Mund. Ich weiß nicht, wie lange ich so liege. Als ich mich aufrichte ist Tom gegangen.

Ich gehe ins Badezimmer und wasche mir das Gesicht. Noch immer kläfft der Hund, hart und rau, seine Stimme überschlägt sich fast dabei, verdoppelt sich, verdreifacht sich. Die Hunde hier sind groß wie Schafe, hinter jedem Mauervorsprung sitzt einer von ihnen und fletscht seine Zähne gegen mich.

Am Himmel ziehen jetzt Wolken auf, dünn und strähnig wie ungekämmtes Haar. Zwischen den Wolken blinkt ein Flugzeug. Mir fällt eine Melodie ein, die ich nachzupfeifen versuche, indem ich sachte die Luft zwischen meinen Lippen hindurchströmen lasse. Doch es gelingt mir nicht, es klingt leise wie ein Winseln.

Später, als ich in der Straßenbahn bin, die mich ins Zentrum fährt, ist die Melodie schon zu einem einzigen Ton geworden, der mir schnell und hart hinter der Stirn pocht. Ich kneife die Lippen fest zusammen, damit mir der Ton nicht entkommen kann.

Es ist voll im Waggon, ich habe nur einen Stehplatz gefunden. Mit meinem Arm berühre ich jetzt den nackten Arm einer anderen Frau. Die Hitze eines fremden Leibes. Ich winde mich. Ich drehe mich von ihr weg. Krampfhaft versuche ich, mich an die Melodie zu erinnern. Tom hatte mir das Lied auf seiner Gitarre vorgespielt, kurz nachdem wir uns kennengelernt hatten. Dann platzt hinter mir eine Kaugummiblase und das Geräusch knallt so hart gegen mich, dass ich zusammenzucke.

An der nächsten Haltestelle steige ich aus. Auf dem schmalen Gehweg der Plattform rammt mir ein Mann den Lenker seines Fahrrades in den Rücken. Scheinbar achtlos schiebt er sich durch die Menge. Eine Frau gibt einem Kind eine Kopfnuss und schimpft mit ihm laut auf Arabisch, während das Kind sich duckt und still auf seine Schuhe schaut. Kurz hintereinander betrete ich drei oder vier Geschäfte und verlasse sie wieder, ohne mich eigentlich dort umgesehen zu haben. Ich stehe in der Menge der Passanten, die mich umfließt, die mich stößt und mit sich reißt. Schweiß und Fett und Talg, und ein saures Aufstoßen aus bis fast zum Platzen gefüllten Bäuchen.

Ich breche aus.

In einem Café bestelle ich mir ein stilles Mineralwasser. Ich fühle, wie die Außenwelt zunehmend beginnt, gegen mich zu drücken mit ihrem Rauschen und Flirren, und sich alles wie ein Panzer um meinen Körper legt und ihn zusammenpresst, so dass ich den Mund öffne und nach Luft ringe. Ich sehe die Frau am Nebentisch, die viel zu hastig eine Zigarette raucht. Dabei blickt sie immer wieder nervös um sich, wie ein gehetztes Tier. Oder bin das ich? Dann erkenne ich mein Spiegelbild in der Scheibe des Cafés.

Ich will weg. Ich laufe zur Haltestelle, nehme die nächste Bahn zurück.

Als ich aussteige und von der Straße in den Weg zum Hof einbiege, als ich näherkomme, da sehe ich ihn. Zwischen verschimmelten Brettern und den rostigen Gartenstühlen liegt der Schwarze, zusammengekrümmt, aus seinem Mund dringen Laute wie von einem Tier. Sein nackter Oberkörper ist von tiefen Schnitten gezeichnet. Die Schnitte klaffen weit auseinander in seiner schwarzen Haut. Ich stelle mir vor, wie das Messer eindringt in seinen Körper, leicht, beinahe mühelos, wie die Klinge glänzt in dem rosafarbenen Fleisch. Ich kann mich nicht bewegen. Ein heißer Windstoß lässt die Blätter des Kastanienbaumes erzittern. Mein Fahrradreifen hat schon wieder die Luft verloren. Ich kann mich nicht bewegen. Die Sonne brennt durch die Wolken. Von weitem höre ich das wütende Geheul des Krankenwagens. Als dann das Fahrzeug auf den Hof fährt, löse ich mich schließlich von der Szene, und als ich mich noch einmal umdrehe, bevor ich den Hausflur betrete, kann ich schon nicht mehr erkennen, wo der Mensch, der dort zwischen dem Gerümpel liegt, aufhört und wo die Maschinen anfangen.

Ich erinnere mich an die lauten Stimmen, die am Morgen aus der Wohnung des Schwarzen kamen. Wahrscheinlich hatte er einen seiner Kumpel betrogen, um Geld oder um Drogen, und der Kumpel hatte sich nun gerächt und hatte ihn aufgeschlitzt.

Als ich in meiner Wohnung bin, lege ich die CD mit dem Lied in die Anlage und drehe den Lautstärkeregler auf. In meine Stirn bohrt sich wieder dumpf und fest der Schmerz. Ich drehe den Lautstärkenregler noch etwas höher, bis die Bässe in dem Holz der Möbel wummern, in den Wänden. Ich denke an den Schwarzen und an die Rhythmen seiner Musik, die nachts in meine Wohnung drangen. Ich mache mit meinen Handflächen eine trommelnde Bewegung auf der Fensterbank. Und dann stelle ich mir einen Fluss vor, einen breiten Fluss mit blaugrünem Wasser, in den Fischer lässig ihre Angeln werfen, über den Einbäume fahren und Eidechsen silbrig aufblitzen, bevor sie im tiefen Schatten der grünen Mangroven verschwinden.

Ich atme.

Morgen wird es wieder heiß werden. Der Hund aus dem Nachbargarten hat erneut angefangen mit seinem Gekläffe, hart und rau, manchmal höre ich das Lachen eines Betrunkenen, und dann und wann knattert ein Motorrad vorbei.

Ralf Schwob

Viernull

»Und«, fragt Matze, »wo geht's heute hin?« Er lehnt im Türrahmen des Stationszimmers und sieht uns an. »Ins Kino? In den Zoo? Oder zum VfB ins Stadion?«

»Er hat's versprochen«, brummelt Andy und schiebt die Unterlippe vor.

»Na«, sagt Matze und zwinkert mir zu, »dann wird er's wohl auch halten.«

Matze ist Andys Lieblingspfleger. Er gibt mir die Schachtel mit Andys Tabletten für den Tag und wünscht uns viel Spaß. Auf dem Weg zum Auto bleibt er auf einmal abrupt stehen und starrt ratlos seine Füße an. Der Schnürsenkel am linken Turnschuh hat sich gelöst und schleift im Dreck. Ich gehe in die Hocke und binde ihn wieder zu.

»Doppelknoten«, sagt Andy bewundernd.

Als ich wieder stehe, fällt mir ein, dass ich ihm noch gar nicht richtig gratuliert habe.

»He, Großer«, sage ich, »Glückwunsch zur Volljährigkeit.«

Früher, in der Schule, habe ich mir manchmal gewünscht, er wäre tot. Seit er auf der Welt war, war ich für die anderen nämlich nur noch der Bruder vom Spastiker. Wer so einen in der Familie hatte, war wahrscheinlich selbst auch nicht ganz gebacken. Dabei war Andreas gar kein Spastiker, aber das interessierte auf dem Schulhof natürlich keinen. Wenn die Leute damals hinter unserem Rücken tuschelten, sagte mein Vater immer, dass die sich mal schön um ihren eigenen Kram kümmern sollen, aber meiner Mutter standen trotzdem jedes

Mal Tränen in den Augen, wenn sie die mitleidigen Blicke aus der Nachbarschaft spürte.

Andy darf wie immer zuerst ans Steuer. Ich sitze neben ihm auf dem Beifahrersitz und beobachte, wie er einen imaginären Zündschlüssel im Schloss dreht, das Lenkrad umfasst, die Kupplung durchtritt und Gas gibt. »Wo fahren wir hin?«, frage ich ihn, aber Andy antwortet nicht. Eine der jungen Heilerzieherinnen von seiner Station steigt vor uns aus ihrem Auto, schultert ihre Tasche und winkt uns zu. »Du hast es versprochen«, murmelt Andy und sieht ihr nach. Manchmal ist er bockig. Dann muss ich ihn samstags zuerst ins Bad schaffen, weil er unter der Woche die Pfleger nicht an sich rangelassen hat. Ich sitze dann auf dem kleinen Schemel in der Ecke und sehe ihm beim Duschen zu. Man muss gut darauf achten, dass er sich überall richtig einseift und später wieder alles vollständig abwäscht. Andy hat breite Schultern, kräftige Arme und einen flachen Bauch. Er macht sich gern im Garten des Heims nützlich. Letzten Monat hat er dem Hausmeister geholfen, eine Baumwurzel auszugraben und in kleine Stücke zu zerteilen. Auf Andys Nachttisch steht seitdem ein Foto, auf dem sie in grauen Kitteln vor dem riesigen Baumstumpf posieren. Der Hausmeister hat einen Arm um Andys Schultern gelegt und beide lächeln.

Auf der Beerdigung unserer Mutter hat er damals geheult wie ein ausgesetztes Jungtier. Hat sich den Handrücken aufgekratzt, bis er blutete, und sich in die Finger gebissen, und als Vater ihn beruhigen wollte, hat er nach ihm geschlagen. Wir mussten ihn schließlich zu dritt aus der Kapelle zerren, vorbei an all den anderen Trauergästen, den Verwandten, Freunden und Nachbarn, die peinlich berührt die Augen niederschlugen und hörbar die Luft einsogen. Später glotzte er mit offenem Mund lethargisch in das Grab, die zerkratzten Hände mit einem Taschentuch umwickelt und das halb aus der Hose hängende weiße Hemd voller Rotzflecken.

Zuerst also McDonald's. Andy liebt McDonald's. Er schüttet die Pommes Frites auf die buntbedruckte Papierunterlage des Tabletts und wühlt darin herum. Dann reiht er sie nebeneinander auf und steckt sie eine nach der anderen in den Mund. Dann kommt der Burger und zum Schluss die Cola. »Ohne abzusetzen«, sagt er, macht große Augen, verschluckt sich prompt und hustet kleine Pommesbröckchen auf den Tisch. Ich halte ihm die Serviette vor den Mund, putze ihm das Gesicht ab und spüre dabei seine kräftigen Bartstoppeln unter dem dünnen Serviettenpapier. Die Leute an den anderen Tischen schauen kurz zu uns herüber, dann stecken sie die Köpfe zusammen und flüstern. Ich nehme die zwei Dragees, die er mittags gegen seine Anfälle einnehmen muss, aus der Schachtel, lege sie ihm auf die Zunge, und er spült sie mit einem Rest Cola hinunter. »Hör mal«, sage ich, »du musst dich in Zukunft besser rasieren.« Andy fährt sich mit der Hand über Kinn und Wangen und lächelt stolz.

Während der ersten Tage im Heim hat er oft bis zur Erschöpfung geschrieen und getobt. Matze sagte damals, am Anfang sei das vollkommen normal und ginge meistens von selbst vorbei, aber unser Vater hat sich trotzdem Vorwürfe gemacht. Dann kam die Zeit, in der er uns ignorierte, wenn wir ihn besuchen kamen. Wenn er uns den Gang herunterkommen sah, klammerte er sich sofort an Matze oder eine von den Heilerzieherinnen und schrie, wir sollten abhauen. Als Vater starb, begleitete ihn Matze zur Beerdigung. Diesmal blieb er vollkommen ruhig und gefasst, und am Grab nahm er meine Hand, als wolle er mich trösten. Zwei Wochen später war er das erste Mal dazu bereit, mit mir alleine etwas zu unternehmen.

»Du hast es versprochen«, sagt Andy vollkommen unvermittelt, als wir in der Schlange vor dem Block stehen. Das Spiel ist seit Wochen ausverkauft, und der Typ, der mir vor dem Stadion die Karten verkauft hat, hat mich natürlich ordentlich bluten lassen. »Was willst du trinken, Andy?«, frage ich ihn, als wir unsere Plätze gefunden haben.

»Cola-Bier«, sagt er und sieht mich dabei ernst an.

»Was?«, frage ich zurück und muss lachen, aber Andy lacht nicht mit.

»Okay«, sage ich, »okay, Cola-Bier«, und gehe zum Getränkestand. Das bisschen Alkohol wird ihn nicht umbringen, nur etwas müde machen, denke ich, also warum nicht.

Das Spiel ist die teuren Karten wert, schon nach einer halben Stunde liegt der VfB mit zwei Toren in Führung, aber Andy ist heute nicht bei der Sache. Er nippt an seinem Cola-Bier und schaut mehr auf den Boden zwischen seinen Füßen als aufs Spielfeld, manchmal spüre ich, wie er mich mit einem langen Seitenblick ansieht und sich dann wieder enttäuscht abwendet. Versprochen, denke ich, ich Idiot habe es ihm wirklich versprochen, und Versprechen vergisst Andy nicht.

Ich hatte eigentlich gedacht, es würde viel schwieriger werden, aber schon bei der dritten Nummer hatte ich Glück. Die Frauenstimme am Telefon klang nicht unsympathisch, sie sprach ohne erkennbaren Akzent, machte aber oft lange Pausen beim Sprechen, als suche sie ständig nach den richtigen Worten. Grundsätzlich sei das alles kein Problem, sagte sie, als ich ihr erläutert hatte, um was es ging. Allerdings müsse sie ihn vorher sehen. Und ganz billig sei es natürlich auch nicht. Natürlich nicht, habe ich gesagt und mir die Adresse notiert.

Andy sieht aus dem Beifahrerfenster und knetet seine Fußballkappe zwischen den Fingern. Er hat das Cola-Bier im Stadion ausgetrunken und ist dann auf Cola pur umgestiegen. Die leeren Plastikbecher hat er mitgenommen, weil das Vereinslogo draufgedruckt ist. »Und jetzt?«, frage ich ihn in der Hoffnung, dass er hungrig ist und noch mal zu McDonald's will, aber Andy reagiert nicht. »Andy …«, sage ich.

»Versprochen«, grummelt er, ohne mich dabei anzusehen. Er stülpt die Unterlippe vor und fährt immer wieder mit den Fingern über die Fensterscheibe, so dass längliche Schmierflecken zurückbleiben. »Also gut«, sage ich.

Ich finde die Straße sofort und auch das Haus. Ein mehrstöckiger Altbau mit hohen Fenstern zur Straße hinaus und dem Eingang im Hof. Ich drücke auf den Klingelknopf mit dem Namen, den mir die Frau am Telefon genannt hat, und als der Türsummer ertönt, zuckt Andy zusammen. »Wir können wieder gehen«, schlage ich ihm vor, aber er schüttelt heftig den Kopf.

Die Frau erwartet uns schon, als wir die Treppe heraufkommen. Sie lehnt im Türrahmen und lächelt. »Wir haben telefoniert …«, sage ich und sie nickt. Die Frau sieht älter aus, als ich sie mir am Telefon vorgestellt habe. Sie trägt einen kurzen, schwarzen Lederrock und ein knallrotes Oberteil, und als wir hinter ihr in die Wohnung gehen, sehe ich die geplatzten Äderchen an ihren nackten Beinen. Wir bleiben im Flur der Wohnung stehen und warten. Die Frau dreht sich um und sieht uns an. Andy weicht ihrem Blick aus und beginnt, sich hektisch den Handrücken zu kratzen. Er flüstert mir etwas ins Ohr, was ich nicht gleich verstehe. »Was hat er denn?«

»Er muss auf Toilette«, sage ich.

Die Frau deutet auf eine Tür hinter uns. Ich öffne sie und schiebe Andy in das kleine Badezimmer, helfe ihm mit der Hose und zeige ihm, wo er nachher spülen muss.

»Dreihundertfünfzig«, sagt die Frau, als wir alleine auf dem Flur stehen. »Es sei denn, er will erst mal nur zukucken.« Sie sieht mir in die Augen und wartet, bis ich begreife. Dann hören wir den Schrei.

»He, was zum Teufel, macht der da drin?«

Ich reiße die Badezimmertür auf und sehe, wie Andy auf dem Boden liegt und krampft. Ich nehme ein Handtuch von der Halterung neben dem Waschbecken, rolle es der Länge nach zusammen und stecke ihm ein Ende zwischen die Zähne, damit er sich nicht auf die Zunge beißen kann. »Scheiße«, sagt die Frau hinter mir immer wieder, »Scheiße, Scheiße, Scheiße ...«

»Er hat einen Anfall, geht bestimmt gleich vorbei«, sage ich und wundere mich, warum ich so ruhig bin.

Als Andy wieder da ist, lächelt er. Ein großer, dunkler Fleck hat sich auf der Vorderseite seiner Jeans ausgebreitet.

»Raus«, sagt die Frau, »alle beide.«

Auf der Rückfahrt ins Heim schläft Andy neben mir ein. Er hat den Mund leicht geöffnet und den Kopf gegen die Scheibe des Beifahrerfensters gelehnt, die draußen vorbeiziehenden Lichter der Straßenlaternen malen Schatten auf sein Gesicht. Ich halte auf dem Parkplatz so nah wie möglich an dem Gebäude, in dem sich Andys Station befindet, und versuche, ihn zu wecken, kriege ihn aber nicht wach. Alleine bekomme ich ihn so nicht nach oben. Jemand muss runterkommen und mir helfen, ihn zu tragen.

Matze lacht und schüttelt den Kopf, als er Andy sieht, der im Schlaf seine VfB-Kappe umklammert hält, dann nimmt er ihn unter den Achseln und ich nehme die Beine. In seinem Zimmer legen wir ihn aufs Bett und ziehen ihn aus. Matze sieht den dunklen Fleck auf der Jeans und runzelt die Stirn.

»Ist was passiert?«, fragt er, als wir später wieder draußen auf dem Flur sind.

»Er hatte einen kleinen Anfall.«

Matze nickt und grinst wissend. »Naja, kein Wunder bei der ganzen Aufregung.«

Ich bleibe abrupt stehen und sehe ihn erschrocken an, aber Matze lacht bloß, schlägt mir kumpelhaft auf die Schulter und sagt: »Mensch, Viernull! Ich hab's im Radio gehört.«

Jana Walther

Normal ist das nicht

Wo sie jünger war, hat sie sich nicht mit Schubert verstanden, jetzt ist fünfzehn und sie sitzt so in Küche und lacht. Das geht doch nicht. Warum lacht sie so frech mit ihm und wenn ich reinkomme sind still? Was haben sie gelacht über mich? Da muss man doch ... sag du mir, da muss doch Hand ausrutschen.

Gebe ich ja zu. War nicht richtig. Hätte aber auch sagen können: Alicia hat sich im Schlaf gekratzt. Kann passieren so was. Ist nicht gut so was. Aber sie machen nur Schwierigkeiten. Weiß nicht was tun.

Habe ich gefunden, hat sie versteckt Cappuccino hinter Bett. Ich will nicht, dass sie Kaffee trinkt, ist nicht gut für Gehirn. Wenn sie ist achtzehn, kann sie machen, was sie will. Sie muss gut in Schule sein, hat klugen Kopf, ist nur faul, macht nichts. Sagt sie, sie macht Hausaufgaben und daneben hat sie Laptop. Macht sie hier und hat daneben Hausaufgaben liegen. Normal ist das nicht. Wenn sie gut in Schule, bekommt sie guten Job, hat sie Geld. Wenn Mann ist nicht gut, sie kann scheiden lassen. Weißt du?

Nicht so wie Schuberts Tochter. Mit fünfzehn ist schwanger. Schlampe ist das, kann ich anders nicht sagen. Normal ist das nicht. Will, dass Alicia so wird wie seine Tochter, aber sie ist besser, hat klugen Kopf.

Schubert muss anders mit Alicia reden, sage ich. Kann sich nicht so vor ihr aufbauen, Hände in die Hüften und fragen: Hast du schon gebrochen, geht doch nicht. So vor sie hinstellen.

Habe zu ihr gesagt, wenn sie ist schwanger, gibt Pille danach. Ist kein Problem. Nimmt man und gut. Muss nicht so enden wie Schuberts Tochter. Bin ich in ihr Zimmer und habe ihr gesagt. Isst auch immer so viel. Hat Portion und dann noch ein, sage ich, ist gut. Früher musste ich überreden zu essen etwas. Wenigstens ein bisschen. Jetzt sie isst so viel. Normal ist das nicht.

Will sie werden Model. Steht immer vor Spiegel. Jetzt sagt sie, kann sie nicht werden Model, Knie sind hässlich. Hat ganz normale Figur. Ich will zunehmen, schaffe immer nicht.

Will sie sich auch schminken, sage ich nein. Habe in ihrem Rucksack gefunden Haarspray. Sagt sie, braucht Geld für Schule. Hat sie Haarspray gekauft. Hat sie so schöne Haare, braucht sie nicht. Ist nicht gut für Haare. Kann sie machen mit achtzehn, aber nicht jetzt. Braucht auch keine Ohrringe in Schule. Ist fünfzehn. Dass Schule das erlaubt. Gibt es in Polen nicht. Wird sie früh nicht fertig für Schule. Abends sie geht nicht ins Bett. Lässt Schubert sie an sein Laptop, hat Internet. Kann er doch nicht lassen. Lässt er sie machen. Ist zehn, elf abends. Sage ich sie muss ins Bett, hört sie nicht.

Jetzt Lehrerin ruft an. Alicia nicht war in Schule. Hat gesagt, sie war in Schule, aber war nicht. Weiß nicht, was tun soll. Lehrerin auch sagt, sie anders. Nicht mehr gut in Schule. Lehrerin nicht weiß, was sein. So ich bringen Alicia in Schule jeden Morgen. Bringe ich vor Schule und warte, bis sie drin.

Habe ich zu Jugendamt gesagt, sie bricht immer, habe gesehen unter Tür. Sagt sie zu Jugendamt, ist nicht genug zu essen da. Stimmt aber nicht, früher vielleicht, jetzt nicht mehr. Habe Schubert gesagt, er muss einkaufen gehen, sagt er ja, ja. Ich brauche nicht viel zu essen, auch eine Woche nur Salat. Ich kann viel nicht essen, wegen meiner Krankheit. Schubert gibt kein Geld zum Einkaufen. Neuen, wie heißt das … für Laptop hat er gekauft, war neunzig Euro.

Braucht mich nur als Putzfrau, bin nur noch Putzfrau für

ihn. Hatte er Affäre, aber hat gesagt, nicht mit ihr geschlafen, ist strafbar, wenn sie ist vierzehn in Deutschland. In Polen ist anders. Normal ist das nicht. Soll ich glauben, das nicht mit ihr geschlafen? Ist doch Schlampe.

Weiß nicht was machen soll. Haben jetzt Schloss an Kühlschrank. Hat Alicia gesagt, will sie auch. Aber kann sie nicht mehr essen etwas, wenn ich nicht da. Wenn sie von Schule kommt, hat sie Hunger. Muss ich bald heim, sonst sie hat nicht Essen. Wenn ich sagen weniger essen, sie sagt ja, aber dann ich merke, ist so Fach an Kühlschrank, für Getränke, so Klappe, da kommt sie ran.

Ist Schubert gegangen Unterwäsche kaufen mit Alicia. Hat gesagt Komplimente, dass schöne Figur. Durch Krankheit ich nicht mehr schön. Hat er ihr gekauft Unterwäsche. Wieso sie machen das mit ihm? Normal ist das nicht.

Früher ich habe gut verstanden mit Alicia, erst seit zwei Jahren so. Früher sie ist gekommen zu mir. Hat gesagt, liebe Mutti, du mich noch liebhaben? Jetzt nur streiten mit mir. Manchmal sie kommt immer noch zu mir, fragen etwas. Muss ich versuchen ruhig bleiben. Wollte sie spielen mit mir Karten. Wie früher. Vielleicht sie hat mich doch noch lieb.

Vielleicht alles nur gekommen, weil wir sind umgezogen. In Hamburg war besser. War große Stadt. Konnten wir gehen weg. Hatten wir Freunde. War besser das. Hier zu klein. Kann man nichts machen. Ich wollte putzen gehen, aber geht nicht, wegen meine Krankheit. Ist peinlich mir.

Jetzt Alicia kommen zu mir und sagen war mit Schubert in Stadt. Haben Hund mitgenommen. Waren weg zwei Stunden. Er sagen, ich gebe zehn Euro dir für Titten anfassen. Schubert sagen, es war nur Scherz. Aber ich nicht finden Scherz. Das nicht ist normal.

Bin froh, dass Alicia es hat gesagt. Sie nicht wollen das. Weiß nicht, ob sagen soll Jugendamt. Aber als sie gesessen auf Küche und gelacht mit Schubert, vielleicht sie wollen das. Wenn sie tragen so tiefe Ausschnitt, sie nicht wundern, dass Männer reizt. Soll sie nicht tragen solche Sachen. Kann sie machen mit achtzehn, aber nicht jetzt.

Wenn ich sagen Jugendamt, vielleicht sie nehmen weg. Will ich nicht. Ich ihr sagen, wenn sie immer streiten mit mir, ich schicke sie in Heim. Aber will ich gar nicht. Ich sagen Schubert, ich nicht werde zulassen, dass sie mir wegnehmen Alicia. Nicht wegen ihm. Er sich soll gut überlegen.

Zu den Autoren

Roland Bärwinkel, geboren 1958 in Magdeburg, begann 1979 in Leipzig das Studium der germanistischen Sprach- und Literaturwissenschaft, das er 1984 beendete. Seitdem wissenschaftlicher Mitarbeiter an der Herzogin Anna Amalia Bibliothek in Weimar. – Veröffentlichungen u.a. in: *Ort der Augen. Blätter für Literatur aus Sachsen-Anhalt,* Nr. 2/2008: Gedichte, Nr. 2/2009: Gedichte; *Palmbaum. Literarisches Journal aus Thüringen,* Nr. 1/2009; *Sinn und Form* Nr. 6/2008

Colin Böttger, geboren 1970, lebt in Bremen. – Veröffentlichungen u.a. in: *Krachkultur, Stint* und *Die Horen.* 1998, 2000 und 2004 erschienen die Romane *Der verschlossene Wald, Treibstoff* und *Cheyenne Avenue* im Atlantik Verlag, Bremen. – Sein Debütroman wurde 1999 zum »Bremer Buch des Jahres« gewählt, 2000 gewann er das Bremer Literaturstipendium.

Björn SC Deigner, geboren 1983 in Heidelberg, lebt in Berlin. Studium am Institut für Angewandte Theaterwissenschaften in Gießen. Arbeitet als freier Hörspielmacher, Sounddesigner und Autor. – Veröffentlichungen u.a. »Das Treppenhaus« in: *Neben mir saß einer ...,* Anthologie des Treffens junger Autoren der Berliner Festspiele, erschienen bei Beltz & Gelberg. – Ausgezeichnet u.a. mit dem Stipendium »Paul Maar!« und der Einladung zu »world interplay« Townsville/Australien.

Elisabeth Ebenberger, geboren 1942 in Pernitz/NÖ. Beruf Fremdsprachenkorrespondentin. Lebt mit Familie in Vorarlberg. Literarisches Schreiben seit 1991. – Veröffentlichungen u.a.: *Über Brücken* (Rhätikon Verlag, Bludenz 2008); *Auf halbem Weg oder warum Santiago de Compostela warten musste,* 2001, Rhätikon Verlag Bludenz; *Tami,* Kinderbuch (Berenkamp Verlag, Innsbruck 1999). – Ausgezeichnet u.a. mit dem Theodor-Körner-Preis der Universität Wien 1998 und dem Preis für Kinder- und Jugendliteratur des Landes Steiermark.

Ulrich Effenhauser, geboren 1975 in Burglengenfeld bei Regensburg. Studium Deutsch und Geschichte an der Universität Regensburg. Arbeit als Lehrer. – Veröffentlichungen u.a.: *Moeller entpuppt sich*, historischer Roman (Gabriele Schäfer Verlag, Herne 2009); Kurzgeschichte »Die Reise nach Delphi« in der Zeitschrift *Konzepte* des Bundesverbandes junger Autorinnen und Autoren, Frühjahr 2010. – Ausgezeichnet als 3. Preisträger beim Literaturwettbewerb »Ich bin ein 89er« des Bundesverbands junger Autorinnen und Autoren.

Jesse Falzoi, geboren 1969 in Hamburg, lebt seit 1993 in Berlin. Seit 2009 Lehrerin in der Sekundarstufe. – Veröffentlichungen u.a.: *Aussteigen! Zurückbleiben!* (Bruno Dorn Verlag, Berlin 2000) und *Vater Mutter Kind* (Bruno Dorn Verlag, Berlin 2004).

Achim Friker, geboren 1960 am Niederrhein, Physiker und Mathematiker im Raumfahrtmanagement, Drehbuch-Autor und Musiker; wissenschaftliche, populärwissenschaftliche und belletristische Veröffentlichungen. Eugen-Wolff-Literaturpreis, Kiel 2004.

Gregor Guth, geboren 1979 in Wien, lebt in Berlin. Studium der französischen Romanistik in Wien. Deutsch-französische Studien in Paris. Studium am Deutschen Literaturinstitut Leipzig. Veröffentlichungen u.a.: Gedichte in *Michael Strasser. Exotic Strings a Compilation* (Verlag für Moderne Kunst, Nürnberg, 2010); Gedichte in *Ulf Stolterfoht und der Lyrikkurs des Literaturinstitus Leipzig präsentieren: Cowboylyrik* (Urs Engeler Editor, Holderbank 2009); die Kurzgeschichte »Pimp my Paris« in *Quietschblanke Tage, spiegelblanke Nächte. Großstadtgeschichten* (Poetenladen, Leipzig 2008) und in *Tippgemeinschaft 2007. Jahresanthologie des Deutschen Literaturinstituts Leipzig.* – Debütpreis Lyrik 2006 des Poetenladens, Österreichisches Staatsstipendium für Literatur 2008/2009.

Lioba Happel, geboren 1957 in Aschaffenburg, lebt heute in Lausanne und Schirnding. Studium Sozialpädagogik. Von 1980 bis 1985 Studium Germanistik und Spanische Literatur an der FU Berlin, danach Aufenthalte in Ventry/Irland, Lüneburg, Eschede, Rom, Berlin. 2001 bis 2008 Deutschlehrerin in Lausanne. Freiberufliche Schriftstellerin und Übersetzerin – Veröffentlichungen u.a. Gedichtband *land ohne land* (pudelundpinscher, Unterstätten 2009) und Roman *Lucy oder*

Warum sind die Menschen so komische Leute (pudelundpinscher, Unterstätten 2007). – Leonce-und-Lena-Förderpreis, Friedrich-Hölderlin-Förderpreis.

Michael Helming, geboren 1972. Freier Schriftsteller und Dramaturg, schrieb Texte für Kunstobjekte im öffentlichen Raum, bearbeitete ein Hörspiel für die Stiftung Brückner-Kühner, war Gastdramaturg am Theater Konstanz und gehört derzeit zur Literaturredaktion der philosophischen Zeitschrift *Der Lichtwolf.* Sein aktueller Kurzgeschichtenband *Die vorläufig letzte Fassung der Gegenwart* ist 2010 im catware.net-Verlag erschienen.

Alina Herbing, geboren 1984 in Lübeck, Studium der Geschichte und Germanistik in Greifswald und Berlin, seit 2009 Kreatives Schreiben und Kulturjournalismus in Hildesheim, Mitherausgeberin der Landpartie 2011, Teilnahme an der Schreibwerkstatt der Jürgen-Ponto-Stiftung 2011. – Veröffentlichungen u.a.: *Weltliteratur III. Von Goethe bis Fontane,* hrsg. von Hanns-Josef Ortheil, Thomas Klupp und Alina Herbing (Hildesheim 2010); »Russen suchen«, in: *Landpartie 2011. Die Literarische Jahresanthologie des Studiengangs »Kreatives Schreiben und Kulturjournalismus« an der Universität Hildesheim.*

Eleonora Hummel, geboren 1970 in Kasachstan, zog 1980 mit ihrer Familie in den Nordkaukasus und siedelte zwei Jahre später nach Dresden über. Seit 1995 ist sie literarisch tätig, veröffentlichte Prosa und Artikel in zahlreichen Zeitschriften. Für ihren ersten Roman *Die Fische von Berlin* (Steidl, Göttingen 2005) erhielt sie 2006 den Adelbert-von-Chamisso-Förderpreis. Literaturstipendium der Kulturstiftung des Freistaates Sachsen für den 2009 erschienen Roman *Die Venus im Fenster* (Steidl, Göttingen 2009).

Sarah Iwanowski, geboren 1984 auf Fehmarn, schloss 2011 ihr Studium am Deutschen Literaturinstitut Leipzig ab. – Veröffentlichungen u.a.: »Sandalen«, Kurzgeschichte in: *BELLA triste* Nr. 25/2009; »Überrest«, Kurzgeschichte in: *Tippgemeinschaft 2009. Jahresanthologie des Deutschen Literaturinstituts in Leipzig*; »Post«, Kurzgeschichte in: *Tippgemeinschaft 2007.*

Horst Jahns, geboren 1957 in Nürnberg. Ausbildung im Sozialversicherungswesen, von 1977 bis 2005 in einem mittelständischen Betrieb des Reinraum- und Lüftungswesens tätig. Erste literarische Texte ab Mitte der 80er Jahre. Seit 2006 im Nebenerwerb freier Autor. – Veröffentlichungen u.a. Lyrikband *Paris – Lyrische Stadtbilder,* (Frieling Verlag, Berlin 2007) und Kurzgeschichten in Magazinen. – Preis der literarischen Internetpräsenz Schreibfeder.de, Berlin 2005. – Finalist beim Lyrikpreis Meran 2006, nominiert für den Dresdner Lyrikpreis 2010.

Simone Kanter, geboren 1981 in Herzberg/Elster, lebt in Köln. Berufliche Tätigkeit als Buchhändlerin. Studium der Literaturwissenschaften an der Fernuniversität Hagen. – Veröffentlichungen u.a. »Besteht die Liebe«, Köln-Anthologie, im Ferber-Verlag Köln.

Mónika Koncz, geboren 1985 in Senta (Serbien), studierte von 2004 bis 2009 Neuere deutsche Literatur und Neuere und Neuste Geschichte in Freiburg. 2005 und 2006 Veranstalterin und Moderatorin der Lesebühne Slam Deluxe in der MensaBar in Freiburg. 2005-2007 redaktionelle Mitarbeit und regelmäßige Beiträge in *Lichtwolf,* Zeitschrift trotz Philosophie. 2008 Paula Rombach-Literaturpreis für den Einakter *Matroska* (2. Platz). Seit 2009 Studentin am Deutschen Literatur Institut Leipzig.

Nils Mohl, geboren 1971 in Hamburg. Preisträger im MDR-Literaturwettbewerb 2003 und 2006. – Veröffentlichungen u.a.: *Kasse 53,* Roman (Achilla Presse, Stollhamm-Butjadingen 2008); *Ich wäre tendenziell für ein Happy End,* Storys (Plöttner Verlag, Leipzig 2009); *Ballade von dünnen Männern,* Erzählung (Hosentaschenverlag, Hannover 2010); *Es war einmal Indianerland,* Roman (Rowohlt, Reinbek 2011).

Matthias Nawrat, geboren 1979 in Opole/Polen. 1989 Umsiedlung nach Bamberg. 1999 Abitur. Zwischen 2000 und 2007 Biologiestudium in Heidelberg und Freiburg. Beteiligung an mehreren Fernsehproduktionen für den SWR. Seit 2007 freier Wissenschaftsjournalist und Kulturkritiker. Seit 2009 Studium Literarisches Schreiben am Schweizerischen Literaturinstitut in Biel. – Veröffentlichungen u.a.: »Szymon«, Kurzgeschichte in der Anthologie zum Uslarer Literaturpreis 2010 *Deutsch-Polnische Grenzerfahrungen einer jungen Generation* (Verlag Mitzkat, Holzminden); »Rudis roter Hund«, in *Entwürfe* Nr. 55/2009. – Preisträger des Literaturpreises LITERARE 2010 und Sonderpreisträger des Literaturkreises Uslar im Rahmen des Uslarer Literaturpreises 2010.

Susanne Neuffer, geboren 1951 in Nürnberg, lebt seit 1991 in Hamburg. – Veröffentlichungen u.a. *Männer in Sils-Maria*, Gedichte (Maro Verlag, Augsburg 1999), *Frau Welt setzt einen Hut auf und andere Erzählungen (*Maro Verlag, Augsburg 2006). Außerdem Lyrik und Geschichten für Kinder. – 1999 2. Preis im Bettina-von-Arnim-Wettbewerb der Zeitschrift »Brigitte« für die Kurzgeschichte »Das Eichendorff-Programm«, 2007 Walter-Serner-Preis (Literaturhaus Berlin/rbb) für »Sie hören im Anschluss die Nationalhymne.«

Stefan Petermann, geboren 1978 in Werdau, lebt in Weimar. Studium an der Bauhaus-Universität. Mitbegründer des Autorenkollektivs »1meter60 Film«. Für den Kurzfilm »nebenan« lieferte seine mit dem Eobanus-Hessus-Preis ausgezeichnete Kurzgeschichte die literarische Vorlage. 2008 wurde seine Erzählung *Der Zitronenfalter soll sein Maul halten* verfilmt. – Veröffentlichungen u.a.: *Der Schlaf und das Flüstern,* Roman (asphalt & anders Verlag, Hamburg 2009), *Ausschau halten nach Tigern,* Erzählungen (asphalt & anders Verlag, Hamburg 2011). – 2010 erhielt er das Autorenstipendium des Landes Thüringen. 2009 Publikumspreis und 3. Platz beim 14. MDR Literaturwettbewerb.

Sebastian Polmans, geboren 1982, geistes- und musikwissenschaftliche Studien an Universitäten in Siegen, Hildesheim und Rom. War Mitherausgeber der Literaturzeitschrift *BELLA triste.* – Erster Roman im Herbst 2011 im Suhrkamp Verlag. Veröffentlichungen von Lyrik, Essays und Erzählungen u.a. in *Jahrbuch der Lyrik 2011,* Hg. Christoph Buchwald, Kathrin Schmidt; *Manuskripte,* Heft 49, Hg. Alfred Kolleritsch, Günter Waldorf; *Style and the Family Tunes,* Fall 2010, *Das Magazin,* November 2010. – Nettetaler Literaturpreis und Publikumspreis 2010 sowie taz-Publikumspreis beim Open Mike in Berlin.

Britta Sabbag, geboren 1980, lebt in Bonn. Studium der Linguistik, Psychologie und Pädagogik. Sechs Jahre Tätigkeit als Personalerin.

Nutzte in der Krise die Chance einer Abfindung, stieg aus und wandte sich dem Schreiben zu. – Veröffentlichungen u.a. *Pinguinwetter*, Romandebüt, wird im Frühjahr/Sommer 2012 bei Bastei Lübbe veröffentlicht; Kurzgeschichte »Sperrbad« 2010 in der Zeitschrift *erostepost*.

Iris Schmidt, geboren 1967 in Hamm, lebt in Düsseldorf und Hamm. Studium der Sozialpädagogik in Dortmund, zur Zeit Gemeinwesenarbeit in einem sozialen Brennpunkt in Düsseldorf. – Veröffentlichungen in Literaturzeitschriften und Anthologien, u.a. *Flussab*, Anthologie des MDR-Literaturwettbewerbs 2009 (Rotbuch Verlag Berlin); *Höllenkinder*, Roman (SWB Verlag, Stuttgart 2010); *Signum* – Literaturzeitschrift, Dresden 2011. – Finalistin beim MDR-Literaturpreis 2008; Literaturpreis Siegen 2008; 2010 Teilnahme an den Tagen der deutschsprachigen Literatur in Klagenfurt.

Ralf Schwob, geboren 1966 in Groß-Gerau. Lebt in Darmstadt. – Veröffentlichungen u.a. *Geschlossene Station*, Roman (Wiesenburg Verlag, Schweinfurt 2003); *Tage wie Nächte*, Erzählungen (Wiesenburg Verlag, Schweinfurt 2006); *Der stillste Tag im Jahr*, Novelle, (Wiesenburg Verlag, Schweinfurt 2010). – Literaturförderpreis der Stadt Mainz 1999; Poetenladen Debütpreis 2006.

Jana Walther, geboren 1977 in der Oberlausitz, wo sie auch heute noch lebt. Studium der Sozialpädagogik, Tätigkeit in der Täterarbeit und Suchthilfe. Seit 2008 Veröffentlichungen, u.a. *Benjamins Gärten*, Roman (Debüt-Verlag 2010); »Hinterhof, 2. Stock«, in: *Mein lesbisches Auge XIII* (Konkursbuch-Verlag 2009).

Anmerkungen des Herausgebers

Diese Anthologie präsentiert die 25 besten Kurzgeschichten aus dem 16. Jahrgang des MDR-Literaturwettbewerbs 2011 und ist am 2. Mai 2011 zum Abschluss des 16. Wettbewerbs erschienen. Sie enthält die Kurzgeschichten der Preisträger und aller Finalisten.

Der Wettbewerb des öffentlich-rechtlichen Rundfunkprogramms FIGARO ist ausgeschrieben für unveröffentlichte Kurzgeschichten, deren Länge auf höchstens 15 Leseminuten (rund 11000 Zeichen) begrenzt ist. Es gibt keinerlei thematische oder andere Vorgaben. Die Ausschreibung wendet sich an deutschsprachige Schriftstellerinnen und Schriftsteller, die bereits veröffentlicht haben. Eine Auswahl bisheriger Veröffentlichungen muss der Zusendung beigefügt werden. Um auch jüngere Autoren und Autorinnen zur Teilnahme einzuladen, werden nicht nur Publikationen in Buchform gewertet, sondern auch Beiträge in literarischen Zeitschriften, Anthologien und ausgewiesenen Literatur-Portalen des Internets.

1995/96, im Jahr der Premiere des Wettbewerbs, nahmen 228 Autoren teil. Zwischen dem 1. November 2010 und dem 31. Januar 2011 erreichten den MDR 2193 Kurzgeschichten, wovon 2101 im Sinne der Ausschreibung als gültig gewertet werden konnten. Eine Vorjury, besetzt mit neun Schriftstellern, Literaturkritikern und Verlegern, wählte aus den Einsendungen sieben Kurzgeschichten aus. Deren Autoren traten in der MDR-Literaturnacht am 2. Mai 2011 in einem öffentlichen Wettlesen gegeneinander an. Eine zweite Jury entschied unmittelbar nach den sieben Lesungen über den MDR-Literaturpreis. Die vierstündige Endrunde wurde live aus dem Literaturhaus Leipzig im Hörfunk-Programm von MDR FIGARO übertragen. 2012 findet sie am 7. Mai statt.

Der erste Preis ist vom Mitteldeutschen Rundfunk mit 5000 Euro dotiert, ein zweiter mit 2000 Euro durch die Elke und Thomas Loest-Stiftung und ein dritter mit 1500 Euro vom Druckhaus Köthen. Außerdem vergibt das Publikum in der Finalrunde einen Preis in Höhe von 1000 Euro; den Geldbetrag dafür stellt die Sparkassenstiftung Halle/Saale zur Verfügung. In jedem Jahr präsentieren Preisträger und Finalisten ihre Texte auf einer Lesereise im Sendegebiet des MDR. Zu den bisherigen Leseorten gehörten u.a. Altenburg, Chemnitz, Sangerhausen, Jena, Köthen, Naumburg, Weimar, Wernigerode, Wittenberg und Zwickau sowie das Buchdorf Mühlbeck-Friedersdorf bei Bitterfeld, das Clemens Meyer als MDR-Literaturpreisträger zu seinem ersten Dorfschreiber bestimmte. 2012 führt die Lesereise nach Köthen, Chemnitz und Halle.

Für den 17. Wettbewerb, der am 1. November 2011 startet, ist wiederum zu beachten: Mit Ihrer Einsendung geben Sie Herausgeber und Verlag dieser Anthologie das Einverständnis, Ihre Kurzgeschichte auszuwählen. Dazu müssen Sie die Rechte an Ihrer Geschichte für zwei Jahre dem Verlag NEUES LEBEN übertragen. Die Geschichte kann in dieser Zeit an keinem anderen Ort veröffentlicht werden. Spätestens April 2013 fallen die Rechte an die Urheber zurück. Band 16 erscheint am 2. Mai 2011. Der MDR zahlt für Abdruck und Rechteübertragung ein Honorar. Die Texte der Finalisten werden bei mdr.de nach der Literaturnacht online gestellt. Die Zustimmung dazu gehört zu den Wettbewerbsbedingungen und ist mit dem Honorar für die Teilnahme an der Endrunde abgegolten.

Die Jahresanthologie – von der Sie Band 16 in Händen halten – versammelt die sieben Kurzgeschichten der Finalisten und Preisträger sowie 18 weitere Texte aus dem Jahrgang 2011. Anthologien beziehen Sie in Ihrer Buchhandlung, im MDR-Shop und beim Verlag NEUES LEBEN.

Alle eingesandten Manuskripte lagen bis zur Endrunde anonym der Jury vor. Für seine umsichtige organisatorische Unterstützung, die insbesondere die Anonymität der Einsender wahren half, gehört an dieser Stelle Herrn Eberhard Scheerschmidt Dank gesagt.

Die Teilnahmemöglichkeit am 17. MDR-Literaturwettbewerb beginnt am 1. November 2011 und endet am 31. Januar 2012. Ihre Kurzgeschichte, ohne Angabe des Autorennamens auf dem Manuskript, schicken Sie bitte in zwei Exemplaren zusammen mit Kontaktdaten, Kurzvita und Angaben zu bisherigen Veröffentlichungen an:

MDR FIGARO
Postfach 100122
06140 Halle
Kennwort: Literaturwettbewerb